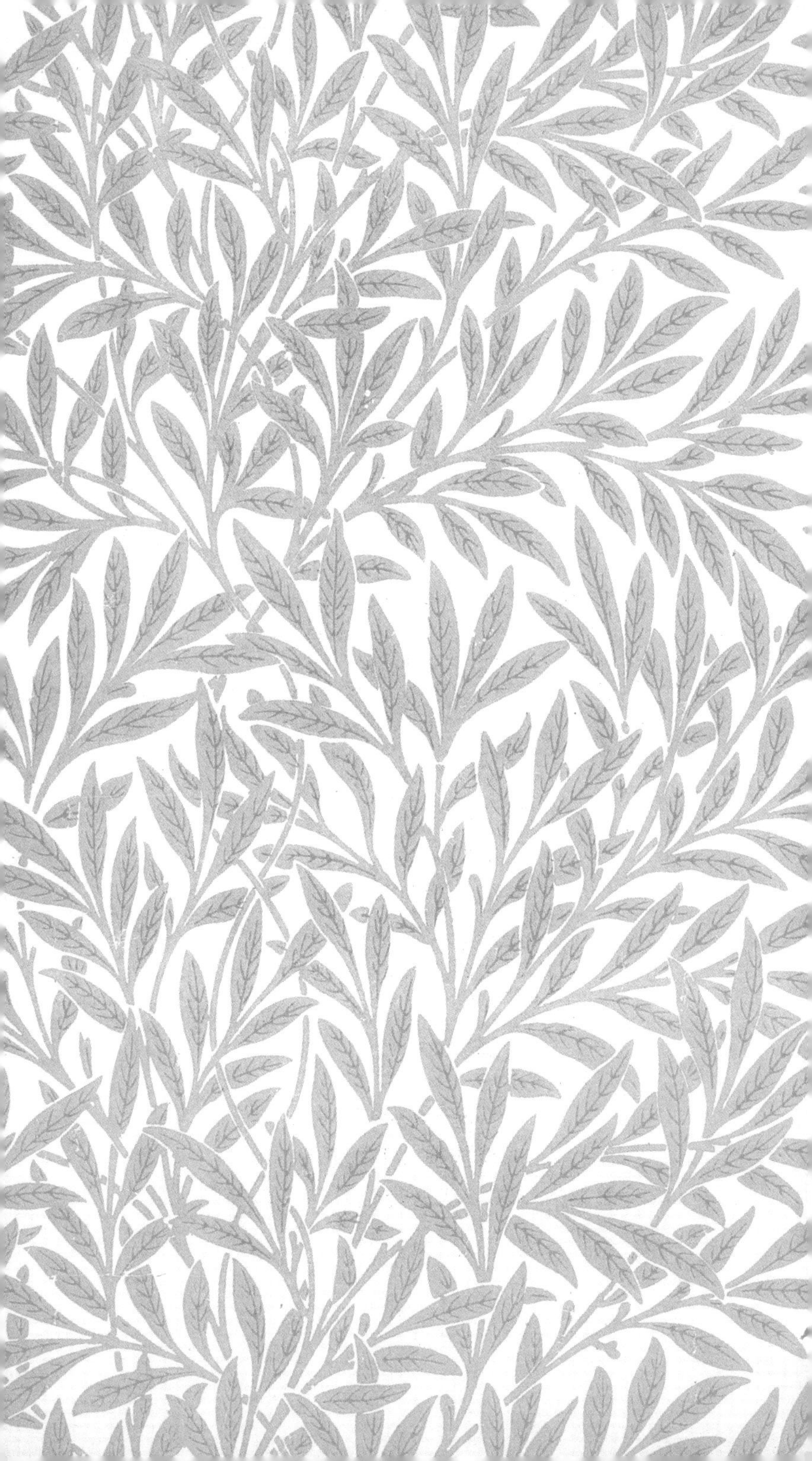

國家圖書館出版品預行編目資料

雨墨齋談曲／羅麗容著.－－初版一刷.－－臺北
市；三民，2003
面；　公分－－(三民叢刊. 265)
ISBN 957-14-3876-6　(平裝)

834　　92016081

網路書店位址　http://www.sanmin.com.tw

 雨墨齋談曲

著作人　羅麗容
發行人　劉振強
著作財產權人　三民書局股份有限公司
臺北市復興北路386號
發行所　三民書局股份有限公司
地址／臺北市復興北路386號
電話／(02)25006600
郵撥／0009998-5
印刷所　三民書局股份有限公司
門市部　復北店／臺北市復興北路386號
重南店／臺北市重慶南路一段61號
初版一刷　2003年10月
編　號　S 820990
基本定價　參　元
行政院新聞局登記證局版臺業字第〇二〇〇號

ISBN　957-14-3876-6　(平裝)

三民叢刊 265

雨墨齋談曲

羅麗容 著

三民書局印行

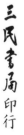

代序

羅麗容

此書自版後一年半，經由我的朋友及學生的支持與愛護，手邊存書已所剩無幾，無法因應愛護我的朋友的需要，所以必須再版。由於我對出版事業完全外行，同時也考慮到這本書的傳播與行銷的問題，於是我將它託付給臺灣三民書局出版。三民書局在出版界已歷經半個世紀的考驗，迄今成果豐滿，董事長劉振強先生，譽滿士林、功在文化，是出版界的巨擘，拙作交由三民出版，我相信我已為它——我的孩子，找到最好的歸宿了。本書再版的內容，除了將第一版的錯誤予以更正之外，還增添少數篇幅，又改定增補了部分內容，並將書名改為《雨墨齋談曲》，希望喜愛它的讀者，繼續支持它，也希望我有關雨墨齋一系列古典文學鑑賞的作品，還能源源不斷的誕生。

二〇〇三年八月盛夏再識於臺北雨墨齋寓所

那一夜，星光何燦爛——雨墨齋自序

從少年時代起，我就立志要做一個筆耕的人，偶有小作發表在青少年版的報章雜誌上，那用鉛字所排印成的自己的心血，也曾給過我無比的震撼與希望。隨著歲月的逐漸增長，我發現，在文學創作的領域中，自己已經逐漸的力不從心，原因不在於手中失去那枝彩筆，而是對自己所寫出來的東西有強烈的厭倦、排斥感。因為我習慣用真面目對人，從小的家庭教育也嚴格禁止說謊，曾有幾次，因說謊而被逼得無地自容的經驗，使得我投鼠忌器，憎恨謊言。然而，在那段時間裡，我發現自己，一拿起筆就在編故事、說謊話，用一些華而不實的文字，說一些自己看了都要起雞皮疙瘩的謊言，我心裡的痛苦實在無法言喻。所以上大四以後，將近二十多年，好長的一段時間，我都不敢碰觸心中這塊荒蕪的園地，任它雜草叢生，我只是裝聾作啞，我認為，自己何時可以誠實的面對自己，成熟的將自己的感覺描述出來，何時才有資格拿筆向讀者告白。

悠悠歲月，將我從純情少年擺渡到哀樂中年，這漫長的二十多年的歲月中，閱讀各大報的副刊，注意新文學的動向，依舊是我午夜夢迴時，刻骨銘心的最愛。然而，曾幾何時，在我體內已經日趨覺醒、逐漸成熟的誠實，想要將自己所見、所聞、所想，老老實實的呈現在讀者面前的文學表達方式，早就已經不適合於現代文學形式上的需求了。閱讀現代文學作品，我必須花很多時間，迷失在作家巧思布局出來的時空意識裡，而依舊可能一無所獲，有時候我甚至必須很慚愧的承認，自己的落伍與不合時宜，因為我根本無法了解這些作品想要表達的思想，當然就更遑論其他想模仿這類作品的意圖了，雖然我每每讚嘆現代作家的細緻文筆，但一點也無補於自己在這方面已窘態畢露的匱乏。夜闌人靜，獨自思量，也只有黯然於自己的不合時宜、生不逢時了。

於是，我更加的將自己定位在學術莊嚴的殿堂中，漫長的求學歲月裡，我拿到了文學博士的學位，也在大學任教，但是，慚愧得很，在學術界裡，也依然沒有闖出任何一點名堂，卻只是十分滿足於學術上，「有一分證據，說一分話」的表達方式，我喜歡這樣的純樸與莊嚴，無須華飾自己的感情、無須誇大自己的感受，只須將自己的用功程度及自我判斷，老老實實、一步一腳印的記錄下來就好。這種情況對於逼不得已，放棄筆耕的我，是一個很好的療傷和躲避的場所，我自己也很認命的想，這輩子大概就這樣與學術糾纏下去了。

今年暑假剛開始的某個中午，一位剛修過「曲選及習作」的學生打電話，問我有沒有空出來喝個下午茶，我注視著書桌上、電腦旁，堆積如山的論文稿，實在有點遲疑，問學生說有什麼重要事嗎？學生補充說，另外一位同學已將上了一整年「曲選及習作」的課，有關我在課堂上的口述內容及舊講義更新部分，重新打好字了，要將成品及磁片一併送過來給我，當做今年教師節的禮物。聽到這從天而降的喜訊，也顧不得會被學生懷疑「太過現實」，有禮物就有時間，沒禮物就想推託，立刻滿口答應見個面，天曉得這些講義的重打，對我來說有多重要，這意味著這些年來我在「曲選及習作」一科中，抄黑板及準備講義的時間可以全省下來了，慚愧的是，原本該自己做的工作，學生全攬下來，這樣我在課堂中可省下許多的時間，下個學年，還可以多上點理論方面的東西。我在心中這樣的盤算著。

那是一個漫長的夏日午後，在約好見面的咖啡館中，我看到了學生為我安排穿插得整齊美觀的兩疊曲選講義列印稿，以及一張薄薄的磁片，心中激盪、表面平靜；學生說，老師知不知道曲選課我們最喜歡聽什麼?我搖搖頭,一臉茫然的想,這不是你們最怕的課嗎?哪有喜歡的?學生說,我們最怕理論,覺得好煩;我們愛聽老師講曲話。我恍然大悟,曲話就是講解曲的作品時,我所附帶的,怕學生聽理論聽到睡著,只好穿插性的將自己的看法詮釋在曲中的一種上課方式,那是點心,絕非正餐,沒想到這些傢伙居然「買櫝還珠」,不顧我的一番苦心,說點心比正餐好,真是教我有點沮喪,不動聲色,聽他們繼續說,我曾經詮釋過哪些曲,講過的哪些曲話,以及他們聽了以後的感受;我十分驚訝的是,他們居然可以將上課內容記得這樣清楚,使我不得不承認他們有資格說「喜歡曲話」,也不得不承認自己說過那些話,對他們好像還有一點用處。他們看我有點動心,就說老師有件事,說了沒做,我說哪件?他們說,老師說過要將自己寫過的曲話拿給同學看,後來又忘了。我將信將疑,有嗎?當然,有一天我們不在學校了,不再上課了,至少還有一本書可帶走做紀念。我們喜歡曲的直爽,一語道盡人生,也愛聽老師真實率性的詮釋曲,如果老師沒空,我們也可以幫老師將曲話打字排版出來。就這樣,我的《雨墨齋曲話》卷一——曲盡人情,誕生了,也許這是第一本,也是最後一本;也許還有第二本,一切隨緣罷!

「雨墨齋」是「語默齋」的諧音，想到自己常因說話太直而得罪不少人，就用「語默」二字來警惕自己，而「雨墨」較之「語默」更富文學味，且還有諧音之趣，所以將書名定為《雨墨齋曲話》，此中無所有，有的只是這些年來，對生命現象的真實感受，喜歡這本書的人，會因這種感受而喜歡；不喜歡的人，也是因為這些感受而不喜歡吧！然而，不論如何，它是我獨自面對自己時，真誠的想法。

不知道那天我們談了多久，只記得，分手時，中山北路六段來往的車輛已逐漸稀少，抬望眼，夜空中，星光何其燦爛，唉，今夕何夕？逢此青衿；今夕何夕？共此星光。

如此夏夜，而我、懿雯、奕成的心，明淨如秋水。

二〇〇一年九月謹識於臺北雨墨齋寓所

雨墨齋談曲

目次

第二篇　風流調笑

第三篇　紙上功名

第六篇　胸中錦繡

第七篇　美感距離

6 曲談齋墨雨

第一篇 綠楊繫馬

蛾眉淡了教誰畫
瘦巖巖羞戴石榴花

俏冤家◎在天涯◎
偏那裡綠楊堪繫馬◎
睏坐南窗下◎
數對清風想念他◎
蛾眉淡了教誰畫◎
瘦巖巖羞戴石榴花◎

關漢卿‧〔大德歌〕夏

關大爺的話

又是一年芳草綠，春歸人未歸。在這芳草綠遍了的江南，你曾說過，楊柳是江南長長的頭髮，江南家鄉的溫柔，有一半是柳條兒點綴出來的，那麼，我那結了五百年冤業的冤家呀，現在是那一株風情萬種的柳樹，用它的柳條兒羈絆住你要歸家的馬？

思念的情緒，隨著午后的南風，飄蕩在淡淡的初夏裡，矇矓中，依稀彷彿記得，那初嘗幸福滋味的閨房畫眉樂事，你總是捧著我的臉頰，走到菱花鏡前，喜孜孜的問我：「畫眉深淺入時無？」如今，對著一樣的菱鏡，映照的卻是我的愁眉淚眼。

每天、每天，祈求上蒼能在我的容顏最美的時刻，迎接你的歸來。顧不得嶙峋的瘦骨，不在乎秋草般萎頓的心靈，含羞帶淚的，勉強將一朵大紅石榴花，插在那為你憔悴的髮鬢上。

雨墨齋曲話

為了能在我最美的時刻，與你相遇，我曾在佛前祈求了五百年，所以，當你在我面前走過，千萬要記得看我一眼，求求你，不要忽略了，那棵枝葉顫動得最厲害的樹，就是我為得到你的眷顧，所發出的最迫切、最急促的呼吸呀！

這是誰的新詩啊？內容已被記憶摧殘得面目全非了。只記得少年時期的我，曾為此詩深深顫慄過，「士為知己者死，女為悅己者容」，這是人類為了尋求知己莫逆，所發出的千古悲歌！

即使總是為相思而憔悴消瘦，也不得不打起精神應付明天，說不定，明天，你就回來了。馮延巳詞說「和淚拭嚴妝」，美美的濃妝，是為你而扮，但是，為什麼總是等不到你的歸期？

淚水和著脂粉潸然而下，是這樣的難過與狼狽，然而為了得到你的眷顧，即使瘦巖巖，依舊羞戴石榴花。

這是屬於「夏天的思念」，與「春、秋、冬」其他三季的思念相較，全首充滿一往無悔的精神，關漢卿這首小令是有這樣的莊嚴成分存在的。

作者小傳

關漢卿號一齋、乙齋、己齋、已齋。實「一」與「乙」相通，「乙」與「己」形似，「己」與「已」形似，故有多種訛誤，推其初或僅為一齋之稱。「漢卿」為其字，大都人，約生於金宣宗興定年間，卒於元成宗大德初年。曾任「太醫院尹」，或認為是「太醫院戶」。

著有雜劇六十餘種，今存十八種。有套數十三、小令五十七首。其散曲風格，賈仲明〈水仙子〉弔詞云：「珠璣語唾自然流◎金玉詞源即便有◎玲瓏肺腑天生就◎風月情。忒慣熟◎姓名香四大神州◎驅梨園領袖◎總編修師首◎捻雜劇班頭◎」可知關的浪漫不羈之情。

〈陽春白雪序〉云：「造語妖嬌，如少女臨懷。」可知其風格豐富多采，自然當行，具高度藝術價值。其作品內容有寫不羈之情者，如：〔南呂・一枝花〕不伏老散套；有描兒女情懷者，如：〔大德歌〕夏、〔沉醉東風〕、〔一半兒〕等；有敘閑適之意者，如：〔四塊玉〕二首、〔雙調喬牌兒〕散套。

曲風多樣化，或豪放瀟灑、本色俚俗；或清麗浪漫、瓊筵醉客；無論散曲、劇曲在元代都占有無可替代的重要的地位。

十年心事付琵琶
相思懶看幃屏畫

月籠紗◎
十年心事付琵琶◎
相思懶看幃屏畫◎
人在天涯◎春殘荳蔻花◎
情寄鴛鴦帕◎香冷荼蘼架◎
舊遊臺榭◎曉夢窗紗◎

張可久．〔殿前歡〕離思

小山的心聲

銀色的月光，靜靜的籠罩在沙灘上，一個人，靜靜的想你，此情此景，已是第十個寒暑了。我很訝異於自己心情如古井之水，往事歷歷，卻再也無法有感覺了。

十年相思，就像那斷了線的風箏，我的琵琶聲也由初離別時的波濤洶湧，到目前的不關風月、一波不興。看著閨房中象徵夫妻恩愛、畫著交頸鴛鴦的屏風，我居然持心平靜，任何難過的感覺也沒有。

依稀彷彿、彷彿只記得，在那荳蔻花開的殘春季節裡，我倆藉著手帕情定白首；在那如今已香消夢斷的荼蘼花架下，我倆說過無數的密約盟誓；在那冶遊的舞榭歌臺前，我倆度過無數的幽歡嘉會；如今，你已遠離，……隨著你的離去，與過去有關的一切情緣，似乎已逐漸模糊，遠去，好遙遠，好模糊，就像紗窗下的一個曉夢，一場了無痕跡的春夢呵。

兩墨齋曲話

姜白石詞說：「人生別久不成悲。」張小山曲說：「相思懶看幃屏畫。」這兩句話都是從生命體驗中，提煉出來的智慧。

相思、離別都是人生的苦事，除非不得已，沒有人願意坦然接受。但是，很少人察覺到，其實，每個人的體內都被賦予一種生機，必要的時候它能發揮出像壁虎一樣重生的功能。人只要不選擇絕路，再痛苦的事，在時間的催化下，都會被這種生機逼退到心靈的某個角落，再長出一層厚厚的繭、結上一層厚厚的痂，最後除非有人故意去揭開瘡疤，它才會流血，否則它就靜靜的被塵封在那個角落，甚至遭到永遠遺忘的命運……。這種生機，是人能夠活下去的最神祕的力量，它隨時存在，只要你需要它。

年輕的時候，曾經有一度我對心儀的散文家梁實秋起了很大的反感，他在元配死後沒多久，居然就續弦了，但見新人笑，那聞舊人墳上鬼蟲聲啾啾？所以我將他的《槐園夢憶》送走了，我認為，如果這本書上所寫的伉儷之情是真的，他為什麼可以如此快速的遺忘？如果那是假的，他為什麼可以假得那麼真？我不習慣被欺騙的感覺。

悠悠的歲月之船，將我過渡到哀樂中年的灘頭，讀盡人世間的繁華與滄桑，歷盡身邊親人的誕生與死亡，心靈的歡樂與傷痛就如同一再剝離、流血，又一再重生的痂，在這加加減減的生命天秤中，我終於體會出生機的奧祕，現在我已能在酒席間酣暢的欣賞、誠懇的讚美那親友續弦的夫人，或再嫁的夫婿；往者已矣，來者可追；人，要不是被賦有這樣的生機，那能載得動生命中的許多愁苦呢？

這樣的體悟，或許離弘一法師晚年「悲欣交集」的境界還很遠，但生命的過程不就是蔣捷〈虞美人〉中「聽雨」的三種悟境嗎？從少年到白頭；從紅燭羅帳的旖旎，到階前點滴的徹悟，期間還有中年的歷練，江闊雲低的滄桑；……一個人要想圓滿的走完人生的全程，的確需要很大的智慧與耐力。聽，那蔣捷在雨中、輕輕吟唱：

少年聽雨歌樓上。紅燭昏羅帳。壯年聽雨客舟中◎江闊雲低斷雁叫西風◎　而今
聽雨僧廬下。鬢已星星也。悲歡離合總無情◎一任階前點滴到天明◎

作者小傳

張可久，字小山，一作伯遠，可久是他的字，元慶元人（約 1270?～?），以路吏轉作首領官，曾為桐廬典史、昆山幕僚等小官，仕途不順遂，縱情山水間，漫遊江南各地，晚年隱居西湖。生平只作散曲，不涉戲曲，故為元代之散曲專家。作品有《小山樂府》六卷，《全元散曲》輯其作品有小令八五五首，散套九套，數量之多，居元代散曲作家之首，與貫雲石、盧摯常相往還。明人評論其曲的風格：「清而且麗，華而不豔，有不吃煙火氣。」他的特色可見一斑。

小山之風格多樣，作品雖以清麗為主，然集中亦不乏「逸情遠慨、躍躍紙上，得豪放之正」的作品，亦足以見作者胸襟、境地。如：〔折桂令〕讀史有感、〔殿前歡〕客中。清麗中亦不乏有字雕句琢，內蘊典雅，含而不吐，因失去曲之本色，曲詞之界幾稀之作品，此絕非小山之佳作，如：〔殿前歡〕離思。清麗中帶瀟灑，有話說話，意思全露，不事含蓄之作。如：〔普天樂〕秋懷、〔紅繡鞋〕春日湖上、〔一半兒〕野橋酬耿子春、〔慶宣和〕毛氏池亭。

繞清江　買不得天樣紙

若還與他相見時◎
道個真傳示◎
不是不修書◎
不是無才思◎
繞清江買不得天樣紙◎

貫雲石・〔清江引〕惜別

酸齋心語

是誰說過：「不再相見，並不代表分離；不再通音訊，並不代表忘記。」每個人的一生中，都會有一些刻鏤在心版上的名字，深藏在內心深處，無法忘懷，就像月色溶入山中，浪花湧入大海。

逝去的歲月、甜美的時光，永不回頭，而那殘缺的夢，恐怕一輩子也無法圓滿了。雖然形跡無法相合，但是我深信天長地久的愛情，一定包含著空靈的一部分，而分離就是最好的空靈，因為空靈，才有思念；因為思念，才有愛情。所以，讓我們珍惜思念，珍惜不在一起的時光。

這輩子如果還能與你再見，我一定要告訴你，這段離別的日子裡，不是不捎書、不是沒才思，只是，每天、每天，我繞遍了清江邊，買不到像天那麼大的紙，好塗滿比天還大、還寬的思念，寄給你。

思念如果說得出來、寫得下去，那……還能叫做……思念……嗎？

雨墨齋曲話

莊子十分懷疑語言文字的功能，他總認為說得出、寫得來的東西，在表達上都屬有限，在意境上更屬下層，所以莊先生說：「意在言外」、「得意忘言」、「得魚忘筌」。亦即直指本心，莫為外在色、相所迷惑，而忘記本心。《心經》說：「色不異空，空不異色；色即是空，空即是色。」就是要人一空色相之依傍。

佛家有「指月說」。月，已尋得，又何必在乎那只是工具的手指呢？文字語言所能表達的只是表象，生命意象中最深沉的境界，語言文字所能參與的空間，是何其微渺？

「佛祖撚花，迦葉微笑」，禪宗於焉肇端；「身無彩鳳雙飛翼，心有靈犀一點通」，詩人的情感世界，不建築在朝朝暮暮的耳鬢廝磨，而是語言文字之外的靈犀相通；所以，當我們分離的時候，你要是沒有我的消息，請不要以為我已將你忘記，因為，思念已化作植根在生命深沉處的靈魂，盤根交結，欲辯忘言，那淺薄的語言文字，怎能表達我思念靈魂中的萬分之一呢？

這思量 起頭兒一夜

新秋至。人作別◎
順長江水流殘月◎
悠悠畫船東去也◎
這思量起頭兒一夜◎

貫雲石・〔落梅風〕

酸齋的話

「蒹葭蒼蒼，白露為霜，所謂伊人，在水一方。溯迴從之，道阻且長，溯游從之，宛在水中央。」

秋天是思念的季節，也是分離的季節。花殘月缺，是人生不可避免的遺憾，然而如果沒有這種遺憾，又怎麼懂得珍惜花好月圓呢？

那順著長江水，東流而去的殘月，正象徵著我這因分離而破碎的心，那畫船載著我的思念、載著我的他，悠悠東去，而眼前，我正展開無盡無窮的相思，今晚是起頭兒第一夜。……聽，那韋應物早在唐代就懂得輕聲吟哦，體會著相思離別的空靈意境：

懷君屬秋夜　散步詠涼天
空山松子落　幽人應未眠

這，不就是千古相思人盡同嗎？

雨墨齋曲話

相思的負荷，就像那用著沙啞的嗓子，說著一遍又一遍的古老的故事，雖然業已筋疲力盡，但這筋疲力盡還只是開始；相思，沒有休息的時候。

如果能將思念的本質認清，就不會再有遙不可及的痛苦，這是智者的體現；認清思念本質之後，仍願意一肩擔起所有的痛苦，這是仁者的胸懷；承擔之後無怨無悔、義無反顧的走下去，這是勇者的抉擇。只有具備智仁勇特質的人，才有相思的權利。相思是一種修養，人生的必修學分，相思是人生的留白，懂得相思的人，更懂得珍惜人生、揮灑人生。

然而，如果能為真愛而相思，痛苦又算什麼？如果從來就沒有嘗過相思的滋味，幸福又算什麼？

作者小傳

貫雲石（1286～1324），父名「貫只哥」，故以貫為姓，元維吾兒人（所謂色目人），本名「小雲石海崖」，字浮岑，號酸齋，晚年更名貫石屏，別號「蘆花道人」。年輕時襲其父親之職位，為「兩淮萬戶府達魯花赤」，後因生性淡泊、不喜為官場生活，把爵位讓給弟弟，也辭去朝廷所封的「翰林侍讀學士」的官，隱居在錢塘一帶，賣藥為生，更名易服，人皆不識，卒年僅卅九歲。作品有小令七十九首、散套九套，收入《酸甜樂府》。

朱權《太和正音譜》云其詞：「如天馬脫羈。」實則清新俊逸，清而不佻，麗而不縟；安貧淡泊思想瀰漫曲中。如：〔落梅風〕。

幾時碎卻倩并刀　儘著他曲唱紅么
淚滴青袍　我啊祇自按伊涼調

春從別後拋◎人在天涯老◎滿路黃沙。不住的鵂鶹叫◎
斜陽上樹梢◎晚風號◎攪亂情懷千萬條◎
說什麼十年夢斷邯鄲道◎只今日老大愁經豫讓橋◎
情絲套◎幾時碎卻倩并刀◎
儘著他曲唱紅么◎淚滴青袍◎
我啊祇自按伊涼調◎

王驥德・〔金落索〕馬上遣興

驥德的心情

生命的意義，可以將感情的因素抽離嗎？年輕時自以為是生命的主宰，沒有任何人、事、物可以羈絆我，甚至包括妳。

然而，生命中的春天，自從與妳離別之後，就不曾再有過，有的只是在天涯的奔波中，人，緩緩憔悴、逐漸蒼老。

放眼望去，黃昏的斜陽已掛上樹梢，晚風不斷的在耳邊呼號著，旅途上，除了黃沙之外，只有小貓頭鷹鵂鶹「休留、休留」的催促聲，聲聲促人歸鄉，擾人情腸。

想當年，離妳而去，自信滿滿的以為幾年悟道就可以慧劍斬情絲，將我們之間的一切情感歸之於夢幻泡影，得到解脫；而如今卻像豫讓難忘智伯般的，還是被故人情絲給套住了。

到何時才能有一把并州快剪刀，剪斷妳讓我淚滴青袍的琵琶紅么弦聲，讓我自由自在的用嘶啞的歌聲，唱出生命中悲涼的伊州調、涼州調呢！

雨墨齋曲話

「問世間情是何物？直教生死相許。」

芸芸眾生，除了上智與下愚而外，鍾情之人正在我輩，所以急於擺脫感情束縛的人，反而越容易為情所困，所謂的「剪不斷、理還亂」，也像孫悟空的緊箍咒，越掙扎越緊，越脫逃越亂。很少人知道感情要超脫，而不是擺脫。如何超脫，自古以來就成為考驗智者的挑戰項目之一。

所謂「不入虎穴，焉得虎子」？一個人要不具備正視感情的勇氣，永遠也無法解決感情的問題；一個人要不懂得割捨的重要，永遠也無法享受獲得的喜悅。

愛情在本質上來講，是需要做到空無一有的。根據柏拉圖《饗宴》一書提到愛神「愛樂斯」的誕生，是窮困之神「配尼亞」，趁著術策之神「保羅斯」喝得酩酊大醉之際，躺在祂身邊，所生下的孩子。因此祂繼承了母親的稟性，經常與窮困同居，是個既光腳骯髒，且無家可歸，常常不帶睡具，隨便躺在地上，甚至露宿的傢伙。可是另一方面，祂又酷似父親，總是私下等待俊美者，像勇敢唐突、蠻強非凡的獵人，經常的在計謀奸策，熱烈的追求機智，是個道地的愛智者，無雙的魔術師，以及調製毒藥者和哲學家。可見柏拉圖所說的愛者，就必須要具備像愛樂斯一樣的特性。

基本上人類在不缺乏的時候，絕不欲求任何東西的，而有錢的人希望更有錢、健康的人希望更健康，仔細分析其心態，只不過希望長久保有其優勢而已。從本質上來看，人類欲求著未能由自己做主，又未歸自己所有的東西，以及希望目前之所有，直到將來仍能確保不致損失，根本是同一回事。

柏拉圖既說愛樂斯總是私下欲求著美和善，因此愛樂斯就是一個缺乏美和善的窮傢伙，我們也就可以認定，一個愛者是經常處在和愛樂斯一樣的窮苦的境地了。首先他必須在所愛的人面前，毫不保留的付出自己的關懷、了解、知識，甚至於憂愁，他必須主動關懷被愛者的生命及成長，尊重他、照顧他、了解他、對他負責任，所以他經常是空無所有的，其次他必須要有寬廣的胸襟來容納忍受愛樂斯天性中就具有的絕望與痛苦。

在古老的希臘神話裡，真理之神阿波羅愛上了河神的女兒丹芙妮，但是野蕩成性、愛慕虛榮的丹芙妮在誘惑、征服了阿波羅之後，便棄祂而去，繼續追求其他的愛慕者。阿波羅的真情，徒然增加了丹芙妮在別人面前炫耀和訕笑的機會，痛苦中的阿波羅經過一段長時間的沉潛，認清了自己丑角的地位，以及永恆的卑戚落寞之後，並沒有悲觀，祂下定決心，無論禍福如何，祂既愛上她，便對她負責，祂是真理之神，如果祂顧忌自己的丑角地位，如果祂顧忌丹芙妮的嘲笑，如果祂顧忌別人的悲憫，祂的真理就會被黑暗吞沒。

大徹大悟之後的阿坡羅，繼續接近丹芙妮，沒有屈辱、沒有哀愁、沒有失望與後悔，但是這種可怕的鎮定和毅力使得放任的丹芙妮退縮了，祂神聖的臉孔震懾了她。當然這段戀情是以悲劇結束的，傷心的阿坡羅，祂的愛和悲慟已化為另一股力量了，祂成為世人所謳歌的第一位桂冠詩人，較原先的真理更受青年男女的崇敬與膜拜。

阿坡羅是個永恆的愛者，是世間愛者的模範，如果祂不具備絕對的智慧與寬廣的胸襟，又怎麼容得下愛情中天生就有的如許多的痛苦與惆悵呢！

作者小傳

王驥德，明代戲曲理論家，生年不詳，卒於一六二三年。字伯良、伯駿，號方諸生、秦樓外史，浙江紹興人。曾師徐渭，友沈璟、呂天成、孫鎮等曲家。又與葉憲祖、湯顯祖等人友善。主張重視曲律、詞藻、內容。著《曲律》四卷，為明代有系統有價值之理論著作，與呂天成《曲品》被譽為「論曲雙璧」。另著有《南詞正韻》、《聲韻分合圖》；校注《西廂記》、《琵琶記》。精通音律詞曲，以散曲負盛名，著有《方諸館樂府》二卷，抒情寫物皆一往情深、真摯動人。亦有率直豪放之作，風格多樣化。例如：〔金落索〕馬上遣興。

妾身悔作商人婦

妾身悔作商人婦◎
妾命當逢薄倖夫◎
別時只說到東吳◎
三載餘◎
卻得廣州書◎

徐再思・〔陽春曲〕閨怨

甜齋訴怨

商人重利輕別離，古有明訓，而我卻明知山有虎，偏向虎山行；我真後悔嫁作商人婦，依稀彷彿記得少時讀過白居易的〈琵琶行〉：「……今年歡笑復明年，秋月春風等閑度。弟走從軍阿姨死，暮去朝來顏色故。門前冷落鞍馬稀，老大嫁作商人婦。商人重利輕別離，前月浮梁買茶去。去來江口守空船，繞船月明江水寒。夜深忽夢少年事，夢啼妝淚紅闌干。……」當時年少輕狂，只覺此詩音調諧耳、老嫗皆解而朗朗上口，根本不能體會詩中女子的心境，如今主角換做自己，才真正了解個中酸楚，或許命中註定如此的吧？

想當初他要離家時，只信口告訴我說要到東吳一帶去做生意，從此再無音訊。一別數年，我守候著每一個從東吳回來的消息，盼了又盼、問了又問，深怕漏失任何一個口訊，三年了，卻沒有任何一個從東吳回來的人知道他的去向。

日前，忽然得到他的家書一封，細看之下，方才知道目前他的行蹤根本是在廣州，而不是東吳。我看罷家書，長嘆一聲，繼續等下去吧！總會回來的！

雨墨齋曲話

古早人勸女孩子說：「丈夫出去是不見，回來是撿到。」用這句包含著痛苦與智慧的話，來安慰寬解舊時女性在婚姻中，只能從開始守候到結束的悲情一生。

其實人生中有期待並非壞事，它可以讓人從中學習到忍耐與包容。但是，如果這種期待是不一定有結果的，甚至大部分都不會有結果的，那麼還要不要去期待呢？值不值得呢？就婚姻而論，古人大多是不計一切得失，即便是浪費掉一生的青春，也給他乾耗下去，無怨無悔的等下去。現代人，可以選擇的空間比較大，多數人都會選擇講清楚、說明白，給對方一個明確的答案，以免誤了對方。男女雙方的關係，發展到可以用這麼開誠佈公的方法來解決，毋寧說是一種進步，也是現代人的福氣，不必為一件曖昧不明的事，耗盡自己的一生。

可是，在這種事事都講求清楚明白的現代社會裡，似乎就欠缺了某種東西，是那種催人入眠的夢，夢就是詩，詩就是夢，生在廿一世紀的現代，是一個無詩無夢的年代，當我們決定放棄期待時，我們的生命中也就無詩無夢了。

作者小傳

徐再思，字德可，號甜齋，以好食甘飴的緣故。嘉興人，任路吏之職，為人聰敏，面貌秀麗，與張可久、貫雲石同時人，貫雲石號酸齋，亦擅長樂府小令，與徐再思並列，世有《酸甜樂府》之刊行，甜齋之小令文采翩翩，意境高雅，屬於元曲雅化以後的重要作家。

第二篇

風流調笑

雖是我話兒嗔
一半兒推辭一半兒肯

碧紗窗外靜無人◎
跪在床前忙要親◎
罵了個負心回轉身◎
雖是我話兒嗔◎
一半兒推辭一半兒肯◎

關漢卿・〔一半兒〕題情

關漢卿的風流

好久沒給她音信了，此番回來，若沒有說出一套可信的說辭，肯定無法擺平。

靈機一動，堆著笑臉，小心翼翼的進了閨房，看到斜倚在床上的她，果真背對著我，雙肩快速起伏著，這種情況，我立刻知道她在氣頭上，怎樣使她轉嗔為喜呢？有了，四下張望，正好碧窗外清靜無人，怎麼告饒都不丟人，縱使男兒膝下有黃金，今天就讓它委屈一下吧！

心念一轉，猛地雙膝著地，只聽得「咚」的一聲響後，她的雙肩猛烈的震動了一下，果真有好兆頭了，我立刻把握機會，嘻皮笑臉的，從後面扳回她的香肩，作勢要親她，她果然中計了，咬著牙，罵了一句：「死沒良心的冤家！」終於，她肯回轉身瞄我一眼了，雖然滿臉悻悻然，但是從她半推半就的動作裡，我知道這一場山雨欲來風滿樓的危機，被我用了個小小的詭計，即將雨過天青的化解了。

雨墨齋曲話

這首小令活潑潑的表現出一般夫妻間鬥氣、逗趣的閨房之樂，頗能表現出關漢卿風流調笑的特質。

明代朱權《太和正音譜》說他的小令有如「少女臨春」，指的就是這類型的作品而言，他最擅長將人類相接觸時，剎那間的契闊，捕捉到作品中，化做文學中之永恆。這種手法是畫畫中任意揮灑、盡情描摹的寫意派；絕非亦步亦趨、唯妙唯肖的工筆畫。

北曲小令中，〔一半兒〕的曲牌十分有趣，尤其是最後一句，更是全曲的靈魂，下得好，有畫龍點睛之妙，下不好，前功盡棄。此句有九個字，其中六字已經固定，就是「一半兒」合計用兩次，成為「一半兒□□一半兒□」的句型，前兩空格須填兩個平聲字，最好是一句詞組，末一字用上聲為最佳，非不得已可用平聲替代，絕不可用去聲。古人有許多佳句流傳，舉例如下：

一半兒西風一半兒霜

一半兒因風一半兒酒
一半兒才乾一半兒濕
一半兒蓬鬆一半兒歪
一半兒朦朧一半兒美
一半兒行書一半兒草

風流俏皮，莫此為甚，茲不贅舉。

巧笑迎人　文談回話
真如解語花

鬢鴉◎臉霞◎屈殺了將陪嫁◎
規模全似大人家◎
不在紅娘下◎
巧笑迎人。文談回話◎
真如解語花◎
若咱◎得他◎倒了葡萄架◎

關漢卿・〔朝天子〕從嫁媵婢

乙齋叟的真情

從來沒見過外表這麼美的女子，烏亮的鬢髮，襯托著白裡透紅的臉龐，可惜的是，這個彷彿是從畫裡走出來的美人兒，居然只是個陪嫁的丫鬟！我不禁在心裡暗暗為她叫屈，老天真是沒個好安排，「陪嫁丫鬟」這樣的沒名沒分，也真是太委屈她了。

看她倩盼生姿的迎人巧笑，溫文儒雅的談吐應對，真像一朵善體人意的解語花，一舉一動，完全一派大家閨秀的模樣，風度氣質絕對不會在西廂紅娘之下，這樣內外兼美的女子，令我思慕不已，好想將她娶回來做個二房，一解相思之苦。

怕只怕，愛情容得下你我，容不下你我他！若我將她娶回家，我們家那隻河東獅，鐵定怒目相向，像推倒葡萄架一樣的，撚酸吃醋，沒完沒了的和我槓到底吧！

雨墨齋曲話

關於這條記載，是出自於明代蔣一葵的《堯山堂外記》，於是坊間就流傳說，這首小令是關漢卿想娶妾的投石問路之作，這關夫人倒也是個狠角色，拿起大筆一揮，回了一首詩說：「聞君偷看美人圖，不似關王大丈夫。金屋若將阿嬌貯，為君唱徹醋葫蘆。」就這樣狠狠一刀揮來，砍斷了關漢卿納妾的美夢。這雖是古早時代，街頭巷尾的馬路八卦訊息，卻也隱隱的透露出一個端倪：愛情的獨占性。

其實婚姻制度是十分不合人性的一種制度，因為它違背了喜新厭舊、見異思遷的動物本性。而人類為了不要像其他動物一樣，因血緣關係的紊亂，近親繁衍的行為，而步向毀滅的悲劇，就必須要用這樣的繩索來綁住與生俱來的動物野性。既然專情不是人類的本性，那為何歷史上還會有那麼多令人可歌可泣的愛情故事呢？這一來是當事人的修養，一個身心皆有所寄託的人，目標高尚、志向遠大，自然不會老想一些飲食男女之事，所以這種人在婚姻中投下的變數不多也不大；二來是當事人並沒有活得很久，如羅蜜歐與朱麗葉，大約十五、六歲就為愛犧牲彼此的生命，如果他們雙方都活下來而且也結了婚，恐怕故事的後半段就越來越難看了。所以所謂的愛情，大皆是雙方猛相逢時，磁場相吸、電光石火的那一瞬間摩擦，所產生的火花，過後，要嘛，成為和平相處、感情不再起波瀾、同一屋簷下的親人而已；要嘛，走上分離的路，重新再尋覓新的感情，又重蹈覆轍的淡了、散了……，所以英國戲劇家莎士比亞說：「我不反對一見鍾情，但是我希望你再看第二眼。」

愛情的結果，不管雙方有沒有在一起，儘管下場都相同，總是有些人樂此不疲的、不斷的玩著這千年一調的遊戲，總認為下一個石頭一定是最大最好的，這種心態，也就促使人無法在一次戀愛後，就安定下來的最重要原因吧！

愛情是人生必須學習的重要學分，如果不及格，那麼即使雙方結了婚，那也只不過是條通往墳墓的路罷了，「愛情的墳墓是婚姻」，關於這句老掉牙的話，雨墨齋作如是觀。

我是個蒸不爛、煮不熟、搥不扁、炒不爆響璫璫一粒銅豌豆

我是個蒸不爛、煮不熟、搥不扁、炒不爆響璫璫一粒銅豌豆◎恁子弟每誰教你鑽入他鋤不斷、斫不下、解不開、頓不脫慢騰騰千層錦套頭◎我翫的是梁園月。飲的是東京酒◎賞的是洛陽花。攀的是章臺柳◎我也會圍棋會蹴踘會打圍會插科。會歌舞會吹彈會嚥作會吟詩會雙陸。你便是落了我牙歪了我嘴瘸了我腿折了我手◎天賜與我這幾般兒歹證候◎尚兀自不肯休◎則除是閻王親自喚。神鬼自來勾◎三魂歸地府。七魄喪冥幽◎天哪。那其間才不向煙花路兒上走◎

關漢卿・〔南呂尾聲〕不伏老散套

關乙齋的話

我是風月場中混慣的浪子，我蒸不爛、煮不熟、搥不扁、炒不爆，是個又圓、又滑、又懂得憐香惜玉的嫖客。

我看那些初到風月場中走動的年輕人，就好像剛從茅草岡、沙土窩初生的小兔小羊，不解人事，立即就鑽進那剪不斷、理更亂、專門以軟功夫纏人的溫柔鄉中，那些都是難於解脫的美麗圈套呀！

我像個看慣圍場打獵陣仗的老野雞，那些冷鎗冷箭都拿我沒奈何，我吃喝玩樂樣樣都比別人精通，經常到梁園賞皓月、喝名酒、調笑嬌娃；與名妓往來頻繁，我多才多藝，如圍棋、打毬、打獵、說笑、歌舞、樂器、歌唱、吟詩、下棋，樣樣玩意兒都難不倒我。

我天生喜歡過這種生活，以後也不打算改變。就算你打落我牙、打歪我嘴、打瘸我腿，折斷我手，我生來就有的這些壞毛病，絕對不會戒掉的，除非是閻王親自來召喚我，神鬼親自來勾魂，三魂七魄都散了，那時間才不會往這條煙花路上走。

雨墨齋曲話

這首小令裡，關大爺毫不諱言的向大家表白他風流不羈的個性，歷來喜歡關漢卿的人都認為這首小令是他的自畫像。似這般看來，他不太像個ＰＴＴ（懼內症）會員，或者關夫人容許他在外頭風流，卻不容許將風流的戰利品帶回家刺眼罷！

除了他的風流之外，我們還看到他對生命的執著，絕不妥協的勇氣，這使我想起諾貝爾文學獎得主海明威的名言：「人可以被毀滅，不可以被打敗。」一旦已經決定的生活態度，就絕無更改的可能，除非閻王老子來召喚，否則誰也別想動他一根寒毛，也許就是他勇敢邁向戲曲，無怨無悔的原因罷！

不過我們可從許多現象判斷，關漢卿絕不是一般經常出入風月場所的浮濫嫖客，他懂得吃這行飯的苦，所以特別憐惜那些女子，不但表現在行動上，還行之於文字，戲曲之中，他的風情劇寫得特別好，他一手塑造出來的趙盼兒，成為千古風塵俠女的典範，單憑她抵賴花花公子周舍那兩句話：「我們妓女本來就是靠發誓賭咒過活的；如果這些誓言咒語真的實現的話，怕我們妓女不早死得絕門絕戶了！」這種不畏強梁、黑吃黑的妓女本色，令人為之拍案叫絕、撫掌稱快。為什麼他筆下的青樓女子如此之活潑自然、充滿活力，迥異於明代風塵女子的三貞九烈、三從四德呢？可能是因為他實際參與了她們的生活，有血有淚、有哭有笑；明人賈仲名在一首〔淩波仙〕的小令輓詞中稱他是「玲瓏肺腑天生就，風月情忒慣熟，姓名香四大神洲，驅梨園領袖，總編修師首，捻雜劇班頭。」此即說明關氏在當時是梨園書會中，呼風喚雨、領銜一方之霸主；絕不同於明代劇作，大多出自於貴族學士之手，他們平日高高在上，寫起劇作，大部分都是運用道德觀點來規範婦女行為，即使青樓女子也不例外，如此角度下所描寫塑造出來的人物，當然始終是隔靴搔癢、終隔一層了。

本是結髮的歡娛
倒做了徹骨兒相思

怎生來寬掩了裙兒◎
為玉削肌膚◎香褪腰肢◎
飯不沾匙。睡如翻餅。氣若游絲◎
得受用遮莫害死◎果誠實有什推辭◎
乾鬧了多時◎
本是結髮的歡娛。倒做了徹骨兒相思◎

喬　吉・〔折桂令〕寄遠

夢符星語

你對我來說，是顆遙遠的天邊的星子。

從青梅竹馬起，我就以你的喜樂為喜樂，以你的憂愁為憂愁；你要我做的事我從沒有過第二句話，因為我心深處深藏了一個祕密，將來長大要做你的牽手，古詩上不是說：「執子之手，與子偕老。」多美多牢靠的感情，我本來打算和你，手牽著手，走過這輩子的！

然而這只不過是個年代長久的舊夢罷了，既然是夢，再甜美都有醒過來的時候，「世間好物不堅牢，彩雲易散琉璃碎」。夢斷雲收後，我才發現你我之間，相隔著如此遙遠的距離。唉！「溯洄從之，道阻且長，溯游從之，宛在水中央。」伊人如斯，夫復何言！

你，從來沒有在乎過我，我為你而憔悴、消瘦，粒米未進、輾轉反側、病體懨懨，心裡還想著，只要有你一句真誠的關懷，就算死了也甘心的。可是盼了又盼，什麼也沒有盼到，低頭思量，這只不過是一場缺乏共鳴的徹骨相思罷了！

雨墨齋曲話

人的一輩子能有幾年？幾乎三分之二左右都在期待與等待中渡過。中國古代女子的癡情常令人感嘆，一方面自嘆不如；一方面憐惜其何苦如此？

懂事以後母親就告訴我：「不要讓自己的感情，成為別人的負擔。」又有一位長輩告訴我：感情要作「他若無情，我便休」如是觀。當時不能細心體會他們的意思，如今方知，那是說，無法有共鳴的愛，就及早抽身出來，以免成為對方的負擔，也害苦了自己。這是上一輩的愛情觀念，我雖然沒有照單全收，卻也因此而養成在感情的領域中，不動聲色的習慣，再出色的異性，我只會默默欣賞，既不會單戀，也不主動，久而久之，那種為感情而燃燒的熱情就自然而然的消失了。

我可以為很多事犧牲奉獻，卻永遠也不會為一段戀情形銷骨立，因為我覺得人的想法不斷在變，要求一個人信守著早已餿掉的愛情諾言，是一件相當殘忍的事，對雙方都不好，所以我在婚姻上終究選擇了平穩的感情，我打定的主意是：能在一塊是緣分，不能了，也不會傷心，畢竟人生在很多時候幾乎都是一個人面對的。

那生命中曾讓我終宵未眠，只為等他一通電話的人；那經常像魔術師一樣，在約會時讓我驚喜不已的人；那默默無言替我背了許多包袱、讓我任情放肆驕縱的人；都在我的生命中占了非常重要的地位，我揮別了他們，就好像切割掉感情最脆弱的部分——希臘神話中的英雄「阿思奇勒思」的足踝一樣。

執著於感情，對於一個人的危險性在於，若被背叛，就很難站得起來。因為貪婪，想擁有，所以才會痛苦。為了自保，所以有些人選擇捨棄，你曾經看過壁虎為了逃生，棄尾而去嗎？我想牠一定也很痛，但卻保住了寶貴的生命，也許有人會說「無愛情，毋寧死」，但是我卻最不願意讓愛情主宰我的生活，甚至不願意讓任何事物主宰我的生命。我常將最喜歡的東西，想辦法送出去，就是不想背著擁有的負擔，之所以選擇捨棄，是因為想要重生，有時捨棄就是一種獲得，獲得反而失去了。

婚姻容易出問題就在於它已擁有。我雖捨棄了感情的羈絆，卻發現不知何時起，我生命中重要的人，過去相處時，那些珍貴的點點滴滴，早已與我的生命盤根錯節的擁抱在一起，就像月色溶入山脈、潮水溶入海洋，無法分離，我因捨棄而擁有了永恆。我感謝他們陪我走過青澀的歲月，也祝福他們一切順心。

作者小傳

喬吉，一名喬吉甫（1280～1345），元代散曲、戲曲作家。字夢符，號笙鶴翁，又號惺惺道人。太原人，寓居杭州，有《夢符散曲》三卷存世，《全元散曲》輯其小令二〇九首，套數十一套；所作雜劇十一本，今存三本。散曲的風格面貌不一，有神鰲鼓浪者；有風流調笑、灑落俊生者，如〔折桂令〕寄遠；有字字用俗語，而不為俗所累者，皆精采有神，與張可久號稱「曲壇雙璧」，實則勝之。

寧可少活十年
休得一日無權

寧可少活十年◎
休得一日無權◎
大丈夫時乖命蹇◎
有朝一日天隨人願◎
賽田文養客三千◎

嚴忠濟・〔天淨沙〕

嚴忠濟的反諷

權勢就像皇冠上最耀眼的一顆鑽石，沒有它，雖然還是頂皇冠，畢竟寂寞了些。有了它，光芒萬丈，不可一世。仔細分析，權勢在握，就是向他人炫耀自己的一種虛榮心罷了。

權勢之所以迷人，成為人人爭奪的目標，無權之人很難想像。嘗過權力滋味的人，都願意證實這個比方：寧可少活十年，大丈夫不可一日無權。可是花無百日紅，人難免偶有時運不濟的時候，沒關係，將它當成潛龍勿用期，暫時退隱，蓄勢待發，只要耐心的等、精心的做，有朝一日，一定可以輪到我飛上枝頭變鳳凰的時機。到那時，權勢之大，一定可超過戰國四大公子之一的孟嘗君、超過他食客三千的規模，恁時節，呼風喚雨任我行。

權勢於人之重要，於此可以想見。沒有權的人是一隻沒有冠的公雞、沒有彩衣的孔雀、沒有鑽石的貴婦，雖然，日子照樣過得下去，卻失去驕傲、虛榮、炫耀的機會了。難怪大家要搶權力呀！

兩墨齋曲話

「權力令人腐化，絕對的權力令人絕對的腐化。」這是個至理名言。權勢的迷思，自古以來多少英雄天子王公將相，很少能拒絕它的誘惑。甚至於為了它，做出許多令人髮指、天地不容的事，史跡班班可考。嚴忠濟在本小令中，利用風流調笑的方式，說明熱衷權勢之人的心態，足可為鍾情權勢者之借鑑。而達到此類小令反諷、發人深省之特色。

之所以會將本曲放在「風流調笑類」，實在是它具有濃厚的調笑諷世意味，這絕不是作者的真意，只不過藉著這樣的插科打諢的方式，把一般人的心態表現出來罷了。曲不像詩詞那麼馴良雅正，「詩莊、詞媚、曲駁雜」是大家耳熟能詳的熟語，曲的駁雜不但在於它的內容，還包含它的氣質，那種頹廢、纖佻，甚至於鄙陋的心思，可以在曲中毫不保留的呈現出來，所謂「曲者，曲也，曲曲折折的情意，直直爽爽的表達出來」。這一方面固然是人性的解放，一方面也算是讀者的風險，就因為表達得太直爽，不太在乎修飾，所以讀者必須小心翼翼，才能正確的體會出，作者在沙石俱下的表象下，真正想傳達的意蘊與訊息，然而，這也正是曲之所以為曲的迷人之處。

作者小傳

嚴忠濟，一名忠幹，字紫芝，元長清人，生年不詳，卒於元至元三十年。善騎射，襲封東平路行軍萬戶，治蹟顯著，愛民如子，曾向他人借貸，替民償債，後債家來要債，皇帝代為償還。然因鋒芒太露而為他人所讒，至元二十三年，特授資德大夫中書左丞行江浙省事，以老辭。所作散曲不多，《全元散曲》僅收二首，此為其一，頗能表現當代人心，故選之。

第二篇

紙上功名

得　他命裡
失　咱命裡

雲山有意◎軒裳無計◎
被西風吹斷功名淚◎
去來兮◎便休題◎
青山儘解招人醉◎
得失到頭皆物理◎
得。他命裡◎失。咱命裡◎

劉致・〔山坡羊〕燕城述懷

劉致看人生

人要懂得欣賞自然，就不會抓住權勢不放。

我有意於過雲山隱居的生活，無意於軒冕高官的風光；每當西風吹起的時候，想到故鄉的青山，於是思歸之情油然而生，功名之心頓時寂滅。我原本就是大自然的寵兒，怎麼會被名利蒙蔽，而失去這結交多年，永不厭倦的好友呢？

功名有如撲面而來的塵土，卻耗盡古今來多少人的思鄉淚，如今終於悟出陶淵明「歸去來兮，田園將蕪胡不歸？」的真意，一顆心早已被善解人意的青山招去共醉，從此不再掛心於功名，人生只要適性適志即可，得失的奧祕，不必在意，全都已包含在宇宙萬事萬物所蘊藏的道理之中了。

別人得意，是他命中便有；我的失意，也是命中便無；有也好，無也好，只要適性適志的生活，就是一段美好人生。

雨墨齋曲話

一本通行的勵志書，流行在六〇年代，叫做《汪洋中的一條船》，作者是鄭豐喜先生，看完他的書，我發現我只能尊敬他，卻不會喜歡他，因為他把成功看得太重要，就像很多的父母，讀書時教孩子把功課看成一切，畢業後又要孩子將事業看成一切；或許對某些人而言，成功是不得不走的路，但是這樣的人生，缺乏一種潤滑劑，缺乏了曠達瀟灑的胸懷，會活得好辛苦。

我認為每個人都該有個安靜的、孕育自己的季節，就如冬是春的母親；夜晚是白晝的泉源；靜謐的大地是產生萬物的根源；那麼，一個人出世淡泊的心，就是入世施展抱負的根源；凡是偉大的事，都要有一個孕育之處，它的重要性，宛如子宮之於胎兒，缺乏這種特質的，無法走得久長；不過無論如何，我還是佩服鄭豐喜先生過人的意志力的。

雲山是歸隱的代詞，軒裳是做官的別稱；而在中國文學的象徵中，西風與功名是絕緣、對立的，晉朝有個官叫張翰，字季鷹，有一天佇立江邊，陣陣秋風襲來，突然感覺自己是如此想念家中的蓴菜與鱸魚羹，想人生幾何，何必為了做這半大不小的官而長年飄零在外，有家歸不得呢？於是就遞上辭呈，皇帝居然也欣然同意，成就他的心願，完成一段千古佳話。

歸去來兮，幾乎成了隱逸詩人陶淵明的標籤，要歸隱的人總會把他抓出來亮個相，表達自己的意願，而那善解人意的青山就成為最佳背景了。既然打算歸隱，那得失的事便不能算計，得失相參，那只是萬物間必然的道理，如此，他人得、自己失，就不會因此而心態不平衡，面對生命所有的重量，而能坦然去承受，這樣的心態要常常、不斷的去修養，才能維持不墜。

作者小傳

劉致，元代山西離石縣人，字時中，號逋齋，生年不詳，卒於一三二四年之後。成宗大德二年為胡南憲府吏，歷任永州新判、河南省掾、翰林待制、浙江行省都事等職。散曲作品六十餘首，風格多樣，豪放清麗兼而有之，偶有消極避世思想。

糟醃兩個功名字
醅掩千古興亡事

長醉後方何礙。不醒時有甚思◎
糟醃兩個功名字◎
醅掩千古興亡事◎
麴埋萬丈虹霓志◎
不達時皆笑屈原非◎
但知音盡說陶潛是◎

白　樸・〔寄生草〕勸飲

白蘭谷的心聲

人生所有的事，都需要帶上三分醉意來看待的。偶爾的大醉一場有什麼關係呢？喝得個酩酊，不讓腦筋清醒，就不會有痛苦的思考，功名二字是榨過、醃過的渣滓；喝酒能忘卻千古歷史興亡的悲歌；喝酒能忘卻年輕時立下凌雲般的志向。

只要是酒中知己，在不得志的時候，都會效法五柳先生回歸田園的瀟脫曠達，「歸去來兮，田園將蕪，胡不歸？」這是千古以來，石破天驚的田園呼喚，歷史上多少文人，走在人生的分歧點時，在他的呼喚下，毅然決然的歸隊，拋開了官場的名利機心、爾虞我詐，日日與大自然接觸，做一個真實自在的我，過一個清爽的人生，也不枉為人這一遭。

屈原寧為玉碎不為瓦全的態度，也是人生的抉擇之一，是否值得呢？見仁見智，就白樸而言，他認為酒中知己都紛紛感嘆屈原的不是：因為酒中自有樂土，退隱生活自有樂地，一條路走不通還有另外一條，何至於逼得自己走上絕路，去投江餵魚呢？

雨墨齋曲話

對一般人而言，生活上大都只是小小的起落，小小的得意或小小的失意，絕少像屈原一樣大起大落。

二十六歲，一般年輕人還在盲撞瞎闖的時候，屈原已當上了楚懷王的左徒，受到國君的信任，有權起草楚國的法令，可說權傾一時。後來被進讒言，也還有三閭大夫的官可當，掌管楚國貴族人事之升遷。一直到他的外交政策——親齊，與楚國的主流派——親秦，不相合，被認為擋人財路、不識國際潮流，才被放逐到漢北、江南一帶，前後兩次。

投汨羅江前的他，顏色憔悴、形容枯槁，與老漁父有一番激越的辯論，老漁父勸他，做人要能隨俗浮沉、與世推移，譬如孔子尋求理想，不一定非在魯國不可，他周游列國，就是希望有一天能得到知音的賞識，楚王既非屈原的知音，屈原又何必為他而憔悴呢？然而屈原對楚國的一往情深，可說到了無可救藥的地步，他寧葬身江魚之腹，不做任何妥協；寧鳴而死，不默而生；可說是寧為玉碎不為瓦全的立場，這樣的堅持，也許大多數的人都不同意，然而這也許就是屈原之所以為屈原的因素吧！

作者小傳

白樸原名恆，字仁甫，又字太素，號蘭谷，隩州人，生於一二二六年，或曰卒於一三〇七年。原為金樞密院白華之次子，蒙古滅金，白樸賴元好問之攜提，才度過難關。樸幼經喪亂，故淡泊功名，以詩酒自娛。所著散曲有《天籟集摭遺》，現存卅七首，散套四套。

《太和正音譜》評白樸之作如「鵬摶九霄」；在典麗之中，寓豪放之氣，兼有豪放清麗之長。避世態度十分明顯。如：〔陽春曲〕、〔寄生草〕、〔沉醉東風〕。

榮華夢一場
功名紙半張

榮華夢一場◎功名紙半張◎
是非海波千丈◎馬蹄踏碎禁街霜◎
聽幾度頭雞唱◎
塵土衣冠。江湖心量◎
出皇家麟鳳網◎慕夷齊首陽◎
嘆韓彭未央◎早納紙風魔狀◎

汪元亨・〔朝天子〕歸隱

汪元亨的醒悟

榮華富貴不過是一場夢，功名不過是半張紙，是非也不過是千丈的海波罷了。然而，為了這半張紙的功名，惹來多少的馬蹄，踏碎了皇宮禁街的霜，風塵僕僕、塵土滿面的旅途中，好幾度聽到了公雞的頭聲鳴唱。

為何不能讓自己的心量大到可以容納五湖四海，瀟灑到可以走出皇家功名利祿的網羅，效慕伯夷、叔齊隱居首陽山、義不食周粟、不仕二朝的高風亮節；感嘆韓信、彭越，在富貴場中，不知急流勇退的不得善終。

為何不能早早繳出一張自己不能任官的風魔狀、辭職書，毫不眷戀的對著夢一樣的榮華、紙一樣薄的功名，做出明智的抉擇，退出名利網羅後，人生所面對的是柳暗花明又一村的局面，區區名利，還有什麼可眷戀、尚有什麼可遲疑的呢？

雨墨齋曲話

這是一種急於歸隱的心情，是一篇古人向紅塵的告別書。

我常想，如果我想隱居，一定是真的累了，而不是在現實生活中遭到失敗，才產生歸隱的念頭，那只是逃避現實，不能叫歸隱。

而且隱居的地方，不一定是山中林泉，而是去自己想去的地方。譬如環遊世界，體會各地的風土民情，所以一個人一定要培養出對世間人、事無所畏懼的心態，如此，不論到哪兒，隱居或在任，都不怕了。

元代因為時代背景的因素，讀書人幾乎都傾向於退隱的路，視功名利祿為畏途，大部分的元曲作者本身也不是什麼大富大貴、高官厚祿之徒，甚至本身若為臺省元臣，也都在作品中表現出棄富貴若敝屣的心態，如張養浩、薛昂夫、貫雲石等人，有的是自高位退隱，有的是自願放棄高貴的社會地位，這種情況比任何一個時代要來得嚴重，可能外族入侵，政治黑暗，人人自危，沒做官的，只要能安穩過日子就好；做高官的，希望急流勇退；做小官的，也在作品中自怨自艾一番之後，準備過隱居生活，這種心態將元曲點綴成一片頹唐灝爛的本色，思想上，非常的接近道家與佛家。

作者小傳

汪元亨，元末明初散曲家，字協貞，號雲林，江西波陽人。別號臨川佚老。元時曾任下僚，後徙居常熟，至元間在世。《錄鬼簿續編》云其有《歸田錄》百篇行世，錢大昕《補元史藝文志》列有散曲《小隱餘音》、《雲林清賞》各一卷，或許就是《歸田錄》。散曲內容大都歌詠隱逸生活，風格以豪放見長。雜劇有《斑竹記》、《仁宗認母》、《桃源洞》，今皆亡佚。

兩字功名頻看鏡
不饒人白髮星星

為誰忙。莫非命◎
西風驛馬。落月書燈◎
青天蜀道難。紅葉吳江冷◎
兩字功名頻看鏡◎便休題◎
不饒人白髮星星◎
釣魚子陵◎思蓴季鷹◎笑我飄零◎

張可久‧〔普天樂〕秋懷

小山的話

歷史上那些不務功名的人，總是一代代被人傳頌著。巢父、許由、務光、伯夷、叔齊、老聃、莊周，嚴子陵、張翰、陶淵明等等，這些人在中國歷史上構成一特殊之族群，越黑暗的時代，他們的名聲就越響亮，愈為功名牽制的人，愈思慕他們的超脫。

每日奔波，都不知道為誰而忙？莫非是命中注定。為功名忙碌，西風中驛馬遲遲，月落日升，依舊燈下觀書，這種況味早已司空見慣。

為了功名二字，走過了比上青天還難的蜀道，看遍了吳江的冷楓，還有鏡中不饒人的、日益增多的斑白頭髮。想來，那高風亮節、死也不肯讓名利枷鎖套上脖子、寧可天天耗在富春江邊垂釣的漢朝嚴子陵；為了蓴菜魚羹而思鄉辭官的晉代張翰，一定會暗中笑我，為了薄薄一紙、區區功名，卻寧可長年忍受飄流在外的顛沛流離吧！

雨墨齋曲話

小山是曲中清麗派的健將，所以他的用詞優美，如詩如畫。

本曲先不說他的意境，光看他的對句，「西風」對「落月」；「青天」對「紅葉」；「蜀道難」對「吳江冷」；「釣魚子陵」對「思蓴季鷹」……就彷彿置身於一個純美的世界裡；所以豪放派美在意境，清麗派美在形式，皆為文學不可或缺的因素。

然而從曲的本質來看，豪放畢竟略高一籌，因為曲不是詞，詞可以做到精金美玉、婉約柔美；而曲是沙石俱下、豪放本色；二者之不同似乎與生俱來，而小山八百多首散曲中，最本色的也只不過是一首〔醉太平〕的憤世之作而已：

人皆嫌命窘◎誰不見錢親◎水晶環入麵糊盆◎才沾黏便滾◎文章餬了盛錢囤◎門庭改做迷魂陣◎清廉貶入睡餛飩，葫蘆提到穩◎

此中即使是憤世之作，依舊有顯眼亮麗的鼎足對，所以小山可說是曲中之詞家了。

功名半紙
風雪千山

望長安◎前程渺渺鬢斑斑◎
南來北往隨征雁◎行路艱難◎
青泥小劍關◎
紅葉湓江岸◎
白草連雲棧◎
功名半紙。風雪千山◎

張可久・〔殿前歡〕客中

小山心事

長安，這個自古以來令讀書人如醉如癡的地方，這個代表功名富貴的地方，我往它的方向望過去，感覺古人說「日近長安遠」的意涵，功名富貴的難以企及，接進日頭都比接近長安容易呀！

僅僅為了那半紙功名，我必須趕早在頭一聲雞唱之時，就努力的趕路；日落之前，一定要找到下一個歇腳的店家；在店中落腳之後，還得「三更燈火五更雞」的在客舍溫書；趕考途中還要應付許多不可預期的風險，要走過布滿青泥的小劍關、渡過紅葉盛開的溢江岸、跨過衰草處處的連雲棧。通往長安的路，是如此的一波三折呀！

經歷了萬雪千山，雨打霜磨，總算到了長安，又不知道能否有「朝為田舍郎，暮登天子堂」的幸運，為那渺不可知的前途，不知不覺中，為那功名二字，我早已熬成兩鬢斑白了。

雨墨齋曲話

功名富貴很誘惑人，卻得之不易；所以古人說「大功懸虎頭」，表示它的代價很高，有些人甚至為了它，不惜做出傷天害理的事：

宋朝有一個南戲劇本叫做《張協狀元》，內容是關於婚變的故事。張協是個家境富裕的書生，進京趕考的途中遭到大風雪又遇劫，奄奄一息，倒臥在血泊中。剛好有一位住在古廟中的女子——她的名字恰如她的身分，叫做王貧女的，打雪中經過，便把張協救回古廟。張協在病中仍迫切的想追求那未到手的功名，然而此去京城，千里迢迢，盤纏從那來？而且眼見傷勢日日轉好，深恐王貧女不再照顧他，要他離開古廟，如此勢必衣食無著。於是為了解決目前的生活與來日進京的路費，他打算騙取王貧女的感情，就誇誇其辭的告訴王貧女，自己是將相之材，未來必能大富大貴，希望王貧女和他共成比翼。不料卻遭不慕富貴的貧女嚴詞拒絕，張協碰壁後仍不死心，請求鄰居太公太婆從中慫恿，終於實現詭計。婚後坐享其成，對於貧女的辛勤奔波、衣食勞碌，視為當然，真面目也逐漸顯露出來，貧女為他進京趕考，到處去張羅盤纏，回家稍晚，張協就準備好柴棒，等貧女一到家，劈頭就打，邊打邊罵，說要不是自己倒霉遇劫，怎麼願意和這票窮鬼鄰居打交道？娶王貧女也只不過是「情知不是伴，事急且相隨」，圖個食宿溫飽，當做生涯規劃中的暫時溺淪而已。所以當他一朝爬上枝頭，不必向王貧女圖溫飽後，自然就把她拋棄，甚至怕她日後再惹事，還想置她於死地。

另外有一本元朝的南戲劇本叫做《宦門子弟錯立身》，內容是追求理想的故事。男主角是金朝顯赫貴族之子——延壽馬，女主角是出身寒微的樂戶家庭的演員——王金榜，這兩個家世背景有天壤之別的年輕人，在共同喜好戲劇的牽線下，居然相愛了。男方家長大發雷霆，趕走了王家劇團，禁錮了自己兒子。延壽馬無計可施之下，憤欲自盡，監視他的都管可憐他，伺機把他放走。得了自由的延壽馬，走東投西，典衣賣馬，衣衫襤褸，歷盡艱難，多年後，終於找到了王金榜。此時的他已是個歷盡滄桑、又臭又髒的流浪漢了。失去了光鮮亮麗的光環，並不能阻擋王金榜對他的愛情，經過王金榜的父親嚴格考查，發現延壽馬具有優良的戲劇細胞，唱作俱佳，文武不擋，當下就錄取他為東平樂團的團員，這對百劫歸來的有情人，從此婦唱夫隨，終成美眷。

這兩個故事，前者的張協是以追求眼前利益做為前提的結合，一旦利益中止或相互牴觸就宣告分手，甚至不惜置對方於死地，來做為防禦手段；第二個故事是以追求相同的理想做為結合的前提，所以雖然迫於環境而暫時分離，仍不惜犧牲生命去奮鬥，最後終於達成理想。

二者都是在追求，但是一為功名，一求理想，只是立足點的不同，結果有南轅北轍之差異。

第四篇

歇即菩提

百歲光陰一夢蝶
重回首往事堪嗟

百歲光陰一夢蝶◎
重回首往事堪嗟◎
今日春來。明朝花謝◎
急罰盞夜闌燈滅◎

馬致遠・〔雙調夜行船〕秋思散套

東籬夢醒

百歲光陰就如同莊周的蝴蝶一夢，有誰能夠分清楚夢中的栩栩然之蝶是莊周，還是平日清醒時的莊周是莊周？如果清醒的莊周才是莊周，那化蝶之時，莊周也沒有認為他不是蝶呀！每個人在一生中，都自以為是很清醒的活著，就連夢中也不例外，有誰能告訴我，夢與醒之間的差別？

往事，往往像件褪色過時的衣服，穿不穿都尷尬，過去已不堪回首，惱人情腸的今日，又是花開花謝，剎那已無蹤影。

想來古詩說得一點也不錯：「晝短苦夜長，何不秉燭遊？」李白也說：「暫伴月將影，行樂須即春。」為珍惜剎那即逝的美好時光，即使「秉燭夜遊」也在所不惜；為了不留下遺憾，必須「行樂及春」，宋歐陽修〈玉樓春〉不也說過：「直須看盡洛陽花，始共春風容易別。」凡事只須在能把握到的範圍內，盡心盡力，人生就不會有大遺憾。

所以酒宴筵席間，莫使金樽空對月，即使是罰酒也要珍惜，好好的喝下去，否則夜闌人靜燈滅，即使想喝罰酒，都沒有機會了。

雨墨齋曲話

莊周夢蝶，栩栩然蝶也，不知蝶是莊周、還是莊周是蝶？我們常以為夢是假的、虛幻的，莊子卻認為，如果夢可以是虛幻，那麼不做夢的時刻也可以是虛幻的、假的；因為我們做夢的時候很少知道自己在做夢，直到醒來才把剛才的情況叫做「夢」，那麼我們口口聲聲以為自己清醒的時刻，當然也可以叫做做夢，因為做夢的人永遠以為自己清醒，就像醉漢認為自己沒醉一樣的道理呀！說不定人那天離開人間了，才知道原來自己做了好長的、一生的夢、夢中夢，可惜再也無法告知那些正在做夢的人。所以，夢是再真實也不過的事了，因為人一生，做夢的時間加起來，至少也要花我們人生的四分之一左右的壽命，想想還真壯觀呢！

人之所以可悲，在於永遠只承認看得到的東西，至於想像的和看不到、甚至想不到的，就歸之於虛幻，不予承認，這樣我們的生活空間變成越來越窄，心眼越來越小，想像力越來越枯竭，這樣下去的人生究竟所為何來？基於這樣不知夢是真、醒是真？的理由，東籬先生要我們即時行樂，逢酒必喝，有歌就唱，莫讓杯底飼金魚。

作者小傳

馬致遠，元代散曲、戲曲家，約生於一二五〇至一三二四年，號東籬，大都人，早年志在功名，未得，後加入「貞元書會」，與李時中、花李郎、紅字李二合編過《黃粱夢》雜劇，被譽為「曲狀元」。元世祖至元二十二年（1285）曾任浙江行省務官，晚年退隱。所著散套今存十六套，小令一一五首，明人稱其為「朝陽鳴鳳，……神鳳飛於九霄。」可謂推崇備至。風格以冷雋高妙、風神秀徹、放曠灑落見長。

清疏奇宕的閑適之詞最妙，皆臻曲境之上乘，無一不切中曲味，世人但以〔天淨沙〕之「枯藤、老樹、昏鴉」，爭相推舉，其實此小令凝重典雅不似曲之本色，實非馬致遠一流之作也。

豪放風格中又可分三品：其一，意境超遠而豪放，如：〔雙調夜行船〕秋思散套。其二，造新詞而豪放，如：〔撥不斷〕。其三，全用白描不事雕琢之豪放，如：〔落梅風〕。

莫笑鳩巢計拙
葫蘆提一就裝呆

眼前紅日又西斜◎疾似下坡車◎
曉來清鏡添白雪◎
上床和鞋履相別◎
莫笑鳩巢計拙◎
葫蘆提一就裝呆◎

馬致遠・〔風入松〕秋思

東籬的瀟灑

日子飛快而逝，就像往下坡滑的車子，擋都擋不住。早起發現明鏡裡，不知何時又添了幾莖白髮，人生的無常，常讓我有種幻滅感，就連晚上睡覺都要和鞋子告別，明天我會在哪裡？明天會發生什麼事，我並不清楚呀！

所以不要取笑鳩鳥不善於營生算計，動不動就去占據鵲巢，其實拿人來說，善於算計又如何呢？歷史上多少人，算到天明走到黑，只為名利二字；而機關算盡太聰明，誤盡卿卿性命，死於、困於名利網羅之下的人，想來必定不少，一時的得意，能保多久？一時的失意，能困多久？從宇宙生生不息的觀點看，得意與失意根本就是一體的兩面，它只是在循環而已。老子早說過，「福兮禍之所倚，禍兮福之所伏」。如果一個人面對福與禍的心情、態度是一致的，那麼不管是福是禍，都不能影響他的寧靜了。

人生，就讓我帶著三分醉意、五分糊塗，還有一顆清明的心，生活下去吧！

雨墨齋曲話

大學時代教我們曲的盧元駿先生曾經告訴我們：「生活要帶三分醉意，才會幸福快樂。」如今想來不也就是「葫蘆提一就裝呆」的意思嗎？「葫蘆提」是元代的方言俗語，亦即糊裡糊塗、裝傻之意，而這個葫蘆裡頭裝的就是三分醉意。也就是要我們和現實生活拉出一段距離，得饒人處且饒人，不要事事斤斤計較之意。

在這個社會中，被看得起的經常是些功成名就的人，沒有經濟能力，通常就沒有社會地位，馬致遠認為善於營生又如何，只不過是個會築巢的鵲而已。

就像我們現代人，每個人從年輕時代剛踏入社會始，就汲汲營營的努力存錢想買自己的房子，頭期款、貸款，讓這些債務將自己壓得喘不過氣，像個套上軛的牛，永無止盡的踩著疲憊的步伐，周而復始的做著同樣的事，人生的意義難道僅止於此嗎？求田問舍，怎比得上那淩雲的志向？汲汲營營的過活，那比得上塵外客、林間友的瀟灑？所以走自己最適志的路，過自己最愜意的生活，何必一天到晚想著釣鰲攀桂、龍樓鳳闕呢？

紅塵不向門前惹
綠樹偏宜屋角遮

利名竭◎是非絕◎
紅塵不向門前惹◎
綠樹偏宜屋角遮◎
青山正補牆頭缺◎
更那堪竹籬茅舍◎

馬致遠・〔撥不斷〕秋思

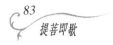

東籬的智慧

一個人，如果懂得反向思考，人生會有許多意想不到的收穫。

當我把名利斷了念，將是非斬了根，表面上就像失去了許多的生之樂趣，但是，反面思之，從此以後，紅塵中的是非人我、爭名奪利將不會再擾亂我的清淨，我就可以「一溪流水澈雲根」般的修練自己了吧！

屋角缺口了，現實生活總是耿耿於懷，想盡彌補辦法，但是，反向思之，綠樹正好可以遮蔭，若屋角不缺口，根本不會有此際遇；這樣美好的機會，豈非大自然的恩賜？

牆頭缺角了，傷透腦筋，只怕財物有所損失，反向思之，藉著這缺角，疏離許久的青山，正像老朋友一樣的，等待我們欣賞品味。

雖然簡陋的竹籬茅舍，比不上富貴的高樓大廈，但是住在這兒身心的輕鬆愉悅，別有洞天非人間，絕不是整日牢籠在名利網羅中的人，可以了解享受得到的。

雨墨齋曲話

佛家說名利是妄念，是非是執著，如果斷了妄念與執著，就不會讓此心競逐於滾滾濁流之中，就能產生智慧，這就是「歇即菩提」的真意。這些話對那些熱衷於名利、執著於是非的人，的確有當頭棒喝的作用。

但是如果生命的本質對追求財富、分別是非不再感興趣，或者本來就沒興趣，那麼人類生存的價值就必須重新界定，宗教說奉獻犧牲，地獄不空、誓不成佛；哲學說延續宇宙繼起的生命；文學說以有限的生命追求不朽的境界。但是人天生的智能各有短長，並不是每一個人都能完成這樣高超的人生目標，所以許多哲學家就教導人要正視自己的智能與潛能，正確的估算自己的定位點之後，找一個最適合自己的位置、方向、目標，日日不歇的做下去，除了必要的、藉以維生的工作外，一心一德的堅持下去，不要懷疑、不要軟弱，這樣，到生命的終點站時，至少能維持人的基本尊嚴，安心、寬心的走。

想人生有限杯
渾幾個重陽節

蛩吟罷一覺才寧貼◎雞鳴時萬事無休歇◎何年是徹◎看密匝匝蟻排兵。亂紛紛蜂釀蜜。急攘攘蠅爭血◎裴公綠野堂。陶令白蓮社◎愛秋來時那些◎和露摘黃花。帶霜分紫蟹◎煮酒燒紅葉◎想人生有限杯。渾幾個重陽節◎人問我頑童記者◎便北海探吾來。道東籬醉了也◎

馬致遠・〔離亭宴帶歇指煞〕秋思

東籬的智慧

直到蟋蟀鳴唱完，我這一覺才算睡得寧貼，可是等到雄雞一啼，天地萬事萬物又永無止息的開始活動了，人類又要開始爭名奪利了，似這般幾時是了啊！

人如果不能休歇自己的名利之心，就會像那密密麻麻排隊覓食的螞蟻一樣的瑣碎，又像紛紛擾擾在釀蜜的蜜蜂一樣的忙碌，更像吵吵嚷嚷叮著血跡的蒼蠅一樣的低俗。

為什麼不學那唐代的裴度，儘管早年做過宰相高官，退休後就完全退出政治光圈，築了一棟綠野堂的別墅，安享餘年。

為何不學那陶淵明，隱居後，專門與那素心人往來，例如慧遠和尚等人的白蓮社，裡頭都是「樂與數晨夕」的淡泊名利、別有境界之高士，這些人的高風亮節充滿在陶淵明的生活中，成為他生命的一部分。

人埋藏在名利堆中時，是否曾想過生活中種種美好的事物，例如：秋天裡摘採那滴著露珠的黃菊花，烹烤著帶著霜的紫螃蟹，燃燒著枯萎的紅葉來燙酒。這些所謂優質的生活境界，對一般人而言都是杳不可得的。

人生的好時光真的很有限，終其一生，能喝到幾杯酒呢？能過幾個登高節呢？所以，小書僮，你給我好好聽著，當我正在享受美好景物的時候，就算是像孔北海那樣的高官來找我，你都要告訴他：主人喝醉了，今天不見客。

雨墨齋曲話

人的爭名奪利，是非人我，東籬認為一是根源於自身的觀念：「無也閑愁、有也閑愁，有無閑愁得白頭」；另一是肇因於外在的誘惑，看到他人「位至八府中」、「佳節酬酢」的風光，不覺心動。

針對此，他提出人要認分的看法：

莫莫休休，浮生參透，能得朱顏，幾回白晝。野鶴孤雲，倒大自由，去雁來鴻，催人皓首。

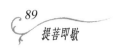

時乖莫強求，若論才藝，仲尼年少，便合封侯。窮通皆命也，得又何歡？失又何愁？恰似南柯一夢。

真的，人生能有幾回朱顏年少？歷史上又有幾個賢達之士真能如己意的封王封侯？若真的是賢達者出頭，那孔子不是少年就該封侯了？岳飛又何至於冤死獄中？屈原又如何會見謗他人？可見窮通皆命，不能強求，也不必強求，為何不及早看開，跳開一切名韁利鎖，儘情享受、深刻體驗真正的生活醇醪呢？好時光是不等人的，「花開但願人長久，人閑難得花依舊。夕陽暫留，酒中仙、塵外客、林間友。」好花、夕陽只為有心人停留的，若能及時醒悟，那麼天地是寬闊的，心情是快活的。

世情推物理
人生貴適意

世情推物理◎
人生貴適意◎
想人間造物搬興廢◎
吉藏凶凶暗吉◎

關漢卿・〔喬牌兒〕

乙齋叟的智慧

用世故人情去推究宇宙萬事萬物的道理，人生最可貴的事在於適意：做自己最想做的事，實現自己的夢想，不要勉強自己去做不愜心愜意的事。

對於吉凶禍福、得失成敗不要太過在意，看人間由造物者所播弄的風雨興衰，哪樣不是吉中帶凶、凶中帶吉呢？

仔細思量，不管人類是多麼委曲求全的想趨吉避凶，但吉凶之事，就好像日升日落一樣，還是不斷的發生。

面對大自然，處於只能挨打、不能還手的人類，與其不斷的擔驚受怕，永無寧日，不如將吉凶禍福，溶入我們的生活中，讓它變得像白天與黑夜在我們的周遭輪替，春夏秋冬在我們周圍流轉，一樣的理所當然，誰有權力只要白天不要黑夜呢？誰有權力只要福不要禍呢？

觀念釐清，我們就可以用最坦蕩的心去做最適意的事了，生命的樂趣就存在這些事物之中。

雨墨齋曲話

人會想去追求一切令他人歆羨的事物，比如財富、權勢、名聲……等等，卻很少的人會問自己：這輩子真正想要的東西是什麼？

這樣的心態持續下去，久而久之，就會隨波逐流，逐漸淡忘那舊時追求的夢想，過著無可奈何、做一天、算一天的日子，更久之後，會連對生命的熱情也逐漸熄滅了。

關漢卿對此發出喟嘆，人，為何不能用一種大氣魄、大胸襟來看人生的禍福吉凶呢？這本來就像該來的風雨一樣的簡單，我們要沉得住氣，用一種平常心、大智慧去看待它。這需要長久修養的功夫。

如果總是怕事，就永遠聽不到那最微弱、發自內心深處的呼喚，人啊！只要肯誠實的面對自己，那股大無畏的力量就會綿綿不斷的發揮出來，所有的吉凶禍福就再也不是困擾人的問題了。

鳧短鶴長不能齊
且休題　誰是非

算到天明走到黑◎
赤緊的是衣食◎
鳧短鶴長不能齊◎
且休題◎誰是非◎

關漢卿・〔慶宣和〕

乙齋叟的話

人生際遇的不同，就像鴨子和鶴的腳不可能一樣長，是與非，是否也是如此？

人從黑夜算計到天明，再從天明奔走到天黑，說穿了，最重要的也只不過是穿衣吃飯兩件事而已。為了要保證自己一輩子都可以安穩的穿衣、吃飯，於是就有了名與利的爭奪，是與非的爭辯，以及一連串因此而衍生的問題。

人為何要如此的汲汲營營呢？其實人生的不能盡如人意，就好像野鴨腳短、白鶴腿長一樣，是無法改變的，用盡聰明、機關算盡，只不過是一場空，更不要提那誰是誰非的執著，及永不滿足的欲望了。

人究竟有沒有想過，地球上的動物，只有人類會囤積居奇、是非人我，其他的動物只有需要時才為食物奔波，只要生存空間夠大，大部分的動物都是鼓腹而遊，各行其是，也很少會對其他同類迫害傾軋。而人類，無時無刻、世世代代，永無了期的在掠奪在囤積，如果人類絕種了，地球上的其他動物或許清靜些，唉，其實低頭靜思，人類，才是地球上的癌細胞啊！

雨墨齋曲話

佛家講人要「歡喜做、甘心受」，試想，如果每天一起床，就開始算計名利關係、人我是非，這樣的人生豈不可悲？然而更可悲的事是，身陷其中的人往往不覺其悲，是則又悲上加悲了。

如果每天起床腦筋清明、身心安定，就會知道自己「要做」什麼，或者「在做」什麼。

這樣的觀念一產生，無論做任何事，就會歡歡喜喜的做，對於別人的不同於自己，也可以用一種寬容的心去包容、了解。

與他人沒有是非、紛爭，對於人生的無常，也就會心甘情願、坦蕩蕩的去承受，這樣寬闊的心量，也就能跳脫人我執著的圈套，不再被是非機關牽著鼻子走了。

車塵馬足中　蟻穴蜂衙內
尋取個穩便處閑坐地

落花滿院春又歸◎
晚景成何濟◎
車塵馬足中。蟻穴蜂衙內◎
尋取個穩便處閑坐地◎

關漢卿・〔清江引〕

已齋叟的話

每個人如果懂得將自己做個定位，那麼這個世界應該可以減少許多紛爭吧！

望著滿院子的落花，春天又歸去了，總有一天，人的美好年華，也要像落花一樣的消失吧！

如果生存就是活著而已，年輕時可仗著年輕，尋找刺激歡樂，渾噩度日，可是人總是會老的，那時候又怎麼度過一個難捱的淒涼晚景呢？

所以不論置身何處，甚至於像車子走過、馬蹄踏過，滾滾黃塵、撲面而來的難堪境地裡；或者是像螞蟻穴、蜜蜂窩這樣低小而卑微的地方都好，每個人都一定要尋出一個讓自己可以過得下去，安身立命的地方，為自己的生存給個心安理得的理由，畢竟安心適性的生存著，是生命的第一大目標啊。

雨墨齋曲話

像元代這麼惡劣的政治環境，真是古今少有，但是像關漢卿這類的文人，反而利用這樣黑暗而看似毫無希望的時代，造就了自己的千古美名，為當代人民製造了希望的火花、為當代歷史做了見證，也為後代人帶來無限的懷念，可見一個定位點，對人來說，有多麼的重要。所以人無法決定自己的生長環境，卻可以決定自己的生活態度。

元代文人大多生長在讀書人的地位只高過乞丐所謂「九儒十丐」的時代裡，卻也練就了一身看透世情的銳利眼光，天生我材必有用，了解自己是致勝的最大關鍵，元代作家皆能在無可如何之中，找到發揮自己的重點，它讓他們不至於一開始就錯亂了方向，有了正確的方向，再加上沉穩的步伐，人生的路雖然漫長、孤單，卻也能智者不惑、仁者不憂、勇者不懼了。

也就是不管處在怎麼惡劣的環境中，一定會有一個安頓身心的方法，人只要身心得安頓，不管處在何種環境也都能如魚得水的活下去，這也就是關漢卿所謂「尋取個穩便處閑坐地」的真意了！

金雞觸禍機
得時間早棄迷途

恁則待閑熬煎。閑煩惱。閑縈繫◎
閑追歡。閑落魄。閑遊戲◎
金雞觸禍機◎得時間早棄迷途。
繁華重念簫韶歇。急流勇退尋歸計◎
采蕨薇◎洗是非◎夷齊等巢由輩◎
這兩個人誰似得。松竹晉陶潛。江湖越范蠡◎

關漢卿・〔歇拍煞〕

乙齋叟的明哲

「匹夫無罪，懷璧其罪」。金雞如果知道，那一身漂亮的羽毛，會是致命的關鍵，我想，牠一定寧可是一隻烏鴉。烏鴉雖醜，不會有懷璧之憂；樗櫟雖不材，卻得以安享天年。

人處在富貴盛名之時，所有的煎熬、煩惱、牽掛、歡樂、挫折、沮喪、逸樂，可說都是自找的。一切耀眼的東西都是觸禍的根源，所謂「名利多陷阱」、「大功懸虎頭」，這些醒目的教訓告訴所有處在高位的人，要把握契機急流勇退，不要再往死胡同走去了。

置身於繁華榮耀之時，要想到急管繁絃歇後的落寞；趁機趕緊為自己找一條退路。像商朝孤竹國的伯夷、叔齊兩兄弟，為逃王位，走避至周，恰逢周姬發欲滅商，二人馬前諫姬發以「臣不可以伐君」，姬發不納諫，滅商後，伯夷、叔齊寧可隱居首陽山，採薇而食，義不食周粟，最後薇草盡、餓死在首陽山。

巢父亦逃避王位而隱居；許由聽到堯要傳位給他，覺得污了他的耳朵，立刻去水邊洗耳朵；陶潛不戀世俗而歸園田居；越國范蠡深諳「飛鳥盡、良弓藏；狡兔死、走狗烹；

敵國滅、謀臣亡」的道理，滅吳後立刻隱退，改行經商，將天下財富三聚三散，救濟貧苦，遊戲人間，死後世人尊稱他為「陶朱公」。

功成名就、富貴榮華的例子，歷史上不乏其人，而懂得急流勇退以避禍，儉樸養廉以避貪的人，歷史上又有幾個呢？

雨墨齋曲話

春秋末期，吳越爭霸。初時越王句踐大敗，向吳王夫差求和，夫差用句踐服賤役，句踐表現優異，後遭夫差釋回。

句踐返越，臥薪嘗膽，刻苦自強，任內多用賢臣文種、范蠡，外買通吳國佞臣伯嚭來打擊忠臣伍子胥，十年生聚、十年教訓，二十年後滅吳。

功成之後，范蠡認為自己名聲太大，難以久居越國，且句踐為人，可與共患難，不可共享樂，於是上書辭別句踐，並寫一封信給文種，勸他離開句踐：「飛鳥盡，良弓藏；狡兔死、走狗烹；越王為人長頸鳥喙（指長脖子、尖嘴巴），可與共患難、不可與共樂，子何不去？」可是文種一心戀棧滅吳大功，聽不進去。

日後句踐果真不肯論功行賞，且日漸疏遠文種，文種悔不當初，常稱病不朝，小人趁機向句踐進讒，說文種自以為功高而薄賞，心懷怨憤，有意謀反，句踐寧可信其有，親自賜寶劍予文種，要他自殺，文種感嘆：「走狗不走，只好任人烹宰。」

反觀豁達的范蠡，功成之後，遠走他鄉，改名換姓，以經商致富，頤養天年，得以善終，又因他經常散財濟貧，故世人尊稱他為「陶朱公」。

人生在世，有些人嚴肅，有些人瀟灑；看待生命，不妨嚴肅；面對名利，何妨瀟灑！

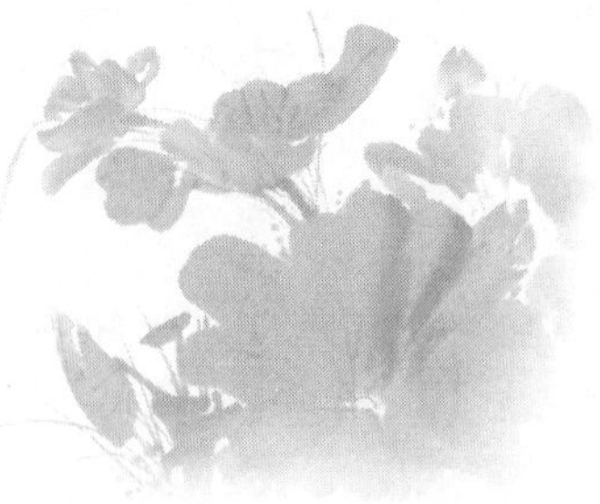

浮生夢一場　世事雲千變

乾坤一轉丸。日月雙飛箭◎
浮生夢一場。世事雲千變◎
萬里玉門關◎七里釣魚灘◎
曉日長安近。秋風蜀道難◎
休干◎誤殺英雄漢◎
看看◎星星兩鬢斑◎

鄧玉賓之子・〔雁兒落帶得勝令〕閑適

小鄧玉賓看人生

如果體會出天上雲彩的千變萬化，就可以領略人生也是像春夢秋雲一樣的多變而短暫呀！

天地宇宙像個轉丸，永不止息的轉動著；日月就像一雙飛劍，一刻不停的飛動著；人生就像一場大夢，世事有如雲彩一般的千變萬化。

人要想封萬戶侯，就得要遠征到萬里之外的玉門關；其實眼前就有一個不慕富貴嚴子陵的釣魚七里灘了，何必為了那虛名遠征到萬里之外呢？

曉日下長安彷彿就在眼前，然而要得到長安下的功名，就如同秋風中，行走蜀道一般的艱難，難於上青天的功名呀！

看看鏡裡的自己，兩鬢飛霜、容顏憔悴，這不相干的、如鏡中月、水裡花的功名，誤盡歷來多少英雄好漢的一生呀！

雨墨齋曲話

張小山的小令說：「野唱敲牛角，大功懸虎頭，一劍能成萬戶侯。」

一個人只要看穿功名的誘惑，就可橫跨在牛背上，口中哼唱俚曲，敲著牛角伴奏，過著悠閑適志的人生；而如果想在功名事業上有一番轟轟烈烈的表現，當然就必須付出很大的代價，功名就好比懸掛在老虎頭上的東西一樣，運氣好，馬上萬里封侯，而稍一不慎就為虎所噬，人生苦短，又何必為這不一定很重要的功名，過著膽戰心驚的日子呢？

與其翹首那功名富貴，不如過著適志而歡喜自在的日子，小鄧玉賓不也是有這樣的覺悟嗎？

作者小傳

《太平樂府》注錄此曲作者為鄧玉賓之子。而《太和正音譜》、《北詞廣正譜》二書皆只注鄧玉賓作。隋樹森輯《全元散曲》則以鄧玉賓之子為較可信。惜其父子二人生平里籍皆不詳。

第五篇

耕讀漁樵

賢的是他　愚的是我
爭什麼

南畝耕。東山臥◎
世態人情經歷多◎
閑將往事思量過◎
賢的是他。愚的是我◎
爭什麼◎

關漢卿・〔四塊玉〕閑適

已齋叟的人生智慧

人如果了解到自己所爭，只不過是人我高下這種無聊事，絕不會原諒自己的愚蠢。歷盡了人世的滄桑、增長了無數閱歷之後，我在南畝、東山過著耕讀、隱居的適意生活。這是好久以來的夢想，走過了多少人生的冤枉路後方才實現，更令我不可思議的是，其實早在十年前就可過這種日子了。

偶爾閑下來時，常將往事思量起，我發現所有事情的爭端都在比賢愚、爭面子，所謂「人爭一口氣，佛爭一柱香」，唉！仔細思量，爭什麼呢？有什麼好爭的呢？其實只要承認，聰明的是對方，愚笨的是自己，這世間就沒有無謂的紛爭了。

承認自己比不上對方，如果可以泯除紛爭的話，是一件很划算的事，何況自己的能力又不會因為這樣而消失，還可贏得風度，一舉兩得。

雨墨齋曲話

關已齋一語道破人與人之間起爭執的關鍵，那就是「我執」，每個人都認為自己對、對方錯，那麼雙方永遠也沒有交集的時候。

莊子主張起爭執時，不如雙方交換個角度看看：「以指喻指之非指，不若以非指喻指之非指也；以馬喻馬之非馬，不若以非馬喻馬之非馬也。天地一指也，萬物一馬也。」這段話簡單的說法是：「我們用自己的意見為標準，說別人的意見不同於自己；不如以別人的意見為標準，承認自己的意見不同於別人。」所謂的「指」與「馬」只不過是莊子用來做比喻人的「主觀」、「自我」的一個物象而已；「非指」與「非馬」則代表相反物象，通常認為自己對、別人錯，這是人之常情；若要消弭是非，就必須站在相反的立場，才會知道自己也是別人眼中的非。所以人所謂的「是」，也只不過從某個角度來看而已；所謂非，亦然。因此「是者未必皆是、非者未必皆非」，人的判斷是非，通常只是一偏之見罷了！

是與非討論起來既是如此的沉重，關漢卿又生在元朝那種黑暗頹廢的時代，所以乾脆退出評論是非的這場競賽，只要承認別人的意見永遠比自己好，別人聰明自己笨，那麼一切就沒什麼好爭論了。這種既頹廢又瀟灑的態度，本是緣於時代的無是非曲直，若人類果真可以泯除是非，那罪惡的產生就可以降到最低點了。

故紙上前賢坎坷
醉鄉中壯士磨跎

劍空彈月下高歌◎
說到知音、自古無多◎
白髮蕭疏、青燈寂寞、老子婆娑◎
故紙上前賢坎坷◎醉鄉中壯士磨跎◎
富貴由他◎謾想廉頗◎誰效蕭何◎

張可久・〔折桂令〕讀史有感

小山的話

為什麼史書上的前賢、歷史中的壯士豪傑，總是磨難特別多？

馮諼客孟嘗君，許久不獲孟嘗看重，於是就在月下彈鋏高歌，敘說自己的委屈與不平，從此命運便改觀了。如今這種事已成了歷史佳話，這種受人知遇的幸運，形同再造父母，這樣的幸運怎麼樣也不會來到我身上吧！我縱使也有像馮諼當年一樣的委屈與才華，可是在月光下喊破喉嚨，也不會有人理我吧！馮諼是個幸運的傢伙。

其實這也不能怪任何人，在這個世間，知音本來就不多，到如今，我等了一輩子，早已兩鬢斑白，生命中的知音仍然音訊杳然，青燈下，翻開古人的事蹟，他們的命運跟我一樣坎坷，從烏絲到白頭，從紅顏到枯槁，多少英雄好漢，因知己難逢、乏人提拔，寶貴的青春歲月，都在醉鄉中銷磨盡淨。

我也是古今寂寞人呀，但是從來不想改掉自己兀傲不群的本性，別人富貴由他去，想想廉頗將軍「我思用趙人」的寂寞淒涼，誰又能盡如漢代開國宰相蕭何的幸運呢！不必羨慕別人，守住自己僅有的。

雨墨齋曲話

長久以來中國的讀書人所過的即是「窮則獨善其身、達則兼善天下」的生活目標。而所謂的獨善其身，大都是過著「晴耕雨讀」的生活，不知道多少有抱負、有理想的書生，就是這樣歲歲年年，寂寞的終老一生的。想要找一個能欣賞自己又能提拔自己的人，簡直比登天還難。

中國歷史號稱五千年，真正能無私的提拔他人的歷史人物，寥寥可數，大多只是利益相同的官僚結為一黨，黨同伐異、入主出奴而已。也有少數例外，像春秋時代，鮑叔牙為了齊國的前途，而向齊桓公推薦管仲，自己還心甘情願居於管仲其次的地位；如晉代將軍謝尚，因愛材而提拔詩人袁宏；又如宋代歐陽修欣賞東坡的才氣而說出「吾當避此人一出頭地」的話；凡是這些人都可說是鳳毛麟角、不可多得。

所以多於過江之鯽的讀書人，只好天涯海角，世世代代的唱著「長鋏兮歸來」的悲歌，做著「三顧茅廬」的諸葛亮美夢；在這種情況下，若沒有開闊的胸襟，不求聞達的修養，很少不是鬱鬱以終的。

閑來幾句漁樵話
困來一枕葫蘆架

白雲深處青山下◎
茅庵草舍無冬夏◎
閑來幾句漁樵話◎
困來一枕葫蘆架◎
您省的也麼哥。您省的也麼哥。
煞強如風波千丈擔驚怕◎

鄧玉賓・〔叨叨令〕道情二首之一

鄧玉賓的話

清閑時與漁樵閑話浮生，睏來時就地酣眠，人如果在毫無壓力的情況下，會成為怎樣的狀況呢？

我的家遠在白雲深處的青山之下，是座茅草搭蓋的安樂懶人窩，冬暖夏涼，勝過瓊樓玉宇。

閑來無事時，常與漁父樵夫閑話浮生半日，睏來時枕著葫蘆架也能安穩的睡個好覺。過著這樣優游自在的生活，強過於在紅塵中翻滾，強過於每天在千丈風波中擔驚受怕，人只要能自足於生活，精神上就會快樂的。

雨墨齋曲話

曲中有許多強調退隱的思想，這是典型的、受時代影響的文學，現代人讀多了，難免會受到點影響。

但是由於時代背景的不同，這種思想不但不會使人消磨壯志，反而能帶給現代人另類的思考，譬如在競爭激烈的現代社會，我們要如何調適自己的心態，才能在重重壓力中擁有喘息的空間？這點，元曲能提供最佳的思考方向，每閱讀一首元人有關耕讀漁樵的小令，心靈就會像經過一次浸潤，甘醇寧靜，世間所有污濁彷彿在剎那間沉澱、淨化了，長此以往，就能達到身處紅塵、心在物外的境界了。

不過人如果在還不能有效的控制自己的情況下，有了太多不受羈絆的權力，其實也不是一件頂好的事，只有受過束縛的人才知道自由的可貴，才能充分享用那得來不易的愜意，否則易流於頹廢不振。

雖無刎頸交
卻有忘機友

黃蘆岸白蘋渡口◎
綠楊堤紅蓼灘頭◎
雖無刎頸交◎卻有忘機友◎
點秋江白鷺沙鷗◎
傲煞人間萬戶侯◎
不識字煙波釣叟◎

白　樸・〔沉醉東風〕漁父詞

白蘭谷的境界、老漁翁的話

一個人如果有一個淡泊而沒有心機的朋友，強過於以性命相許的刎頸之交。

我是個不識字的漁父，經常出沒在長滿黃蘆、白蘋的渡口，還有種滿綠楊、紅蓼的灘頭。

這輩子雖然沒有以性命相許的朋友，卻有淡泊名利的伴侶，那就是點綴在秋天江邊的白鷺和沙鷗。牠們雖然從不和我攀交情、打交道，卻能給我一種超越一切的寧靜與快樂。

這樣的日子，我過得自由自在，無拘無束，強過人間享盡權力富貴，卻沒嘗過自由滋味的萬戶侯。

而其實，我也只不過是個不識字的老漁翁而已。

雨墨齋曲話

古典文學中有許多事物具有象徵性，經過幾百年的流傳、引用，已成為根深柢固的觀念。

例如古人有「折柳贈別」的習慣，柳樹就成為離別的象徵。

又如《淮南子》記載一對漁夫父子，每天到海灘邊餵食鷗鳥，久而久之，與鷗鳥成為好朋友。某一天他們想抓幾隻鷗鳥給鄰人看，藉以炫耀與鷗鳥的交情，結果，說也奇怪，平常都會停在他們身上的鷗鳥，今天居然只在他們頭上三尺高左右盤旋，就是不肯下來。

還有一個曾經聽過的古老故事：一對母子住在種滿竹林的日式房子裡，經常有蛇會出沒在他們家。有一天這個母親正在沖泡牛奶給九個月大的兒子喝，不經意的回首一瞥，看到兒子的手上正在把玩著一條翠綠色的柔軟物，起初她還沒反應過來，只是納悶的想：哪來的綠色玩具？繼之一想，天哪！那……那……不是蛇嗎？還是……青竹絲哩！意識到事態的嚴重性，又看到玩得興高采烈的兒子，她心念一轉，用著無比溫柔鎮定的音調，晃動著剛泡好的牛奶，對兒子說：「乖乖，蛇蛇臭臭，扔掉，過來喝ㄋㄟㄋㄟ，好棒、好香、好好喝呀！」同時做出陶醉的表情，企圖吸引兒子的注意。兒子看看手中已被玩得七葷八素的青竹絲，再看看媽媽手上的牛奶，也許命不該絕，也許牛奶的誘惑比蛇大，居然乾脆的把蛇往旁邊一扔，興致勃勃的朝牛奶方向爬過去。當然，後來蛇一溜煙的逃了，媽媽虛脫般的跌坐在榻榻米上。

所以人在無欲無求時，就能與大自然的草木鳥獸合而為一，天真的赤子，可以與其毒無比的蛇共處，毫髮無傷。而人在有所求時，連草木蟲魚鳥獸都會感應，幼弱的動物就紛紛走避，鷗鳥與漁夫就是個好例子；殘暴的動物就難免反噬。人如果能忘機，在大自然中就不會有敵人。

此外梅花是隱士與高潔的代表，即與宋代梅妻鶴子的林和靖有關；蓮花象徵出汙泥不染的君子，與陶淵明有關；菊花「寧與野蒿同腐死，豈有人間意？」的氣概，代表睥睨群芳的氣節；竹解虛心，代表高風亮節等等，都成為喜歡文學的人津津樂道、不敢或忘的典故。

浪花中一葉扁舟
睡煞江南煙雨

儂家鸚鵡洲邊住◎
是個不識字漁父◎
浪花中一葉扁舟。睡煞江南煙雨◎
（么）覺來時滿眼青山。抖擻綠簑歸去◎
算從前錯怨天公。甚也有安排我處◎

白無咎・〔鸚鵡曲〕

白無咎的世界

在浪花中討生活，在煙雨中閑補眠，這就是我的生活面貌。

我家住在鸚鵡洲邊，我是個不識字的漁人。打漁時駕著一葉扁舟，翻騰在滾滾的白浪花中；不打漁時，在一片由風雨斜織成的江南煙雨安穩熟睡。

一覺醒來，滿眼青山，心滿意足的抖擻著綠簑衣歸去，想想這種愜意的生活，不禁有些慚愧，從前曾錯怨天公從不照拂我，沒想到天地間，還是有安頓我的這等好去處呀！

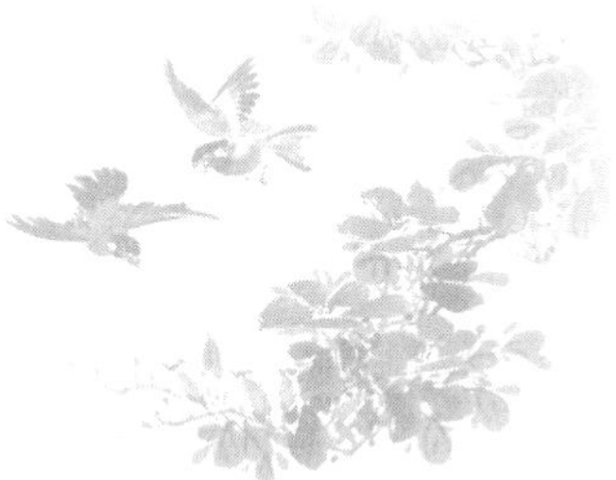

雨墨齋曲話

元曲的好處，自然瀟灑，不妝自媚。

這首漁父詞讀來明白如話、意象天成，而用字又如此毫不費力、圓轉自如，只能慨嘆它原本是天地間的一部分，只不過借著作者之筆將這種境界刻劃出來而已。元曲是有這等威力的。另如曾瑞的幾首〔山坡羊〕小令也能傳達這種意思的。

榮華休傲，貧窮休笑，循環世態多顛倒。恰春朝，早秋宵，花開花謝都知道。今歲孟春花更早，花，依舊好；人，空謾老。

虛名休就，眉頭休皺，終身更不遭機彀。抱官囚，為誰愁，功名半紙難能夠。爭如漆園蝶夢叟，常，緊閉口；閑，且袖手。

凡是這些都是有相同意義的作品。

又本曲有所謂「么」字的意思是，將前面一曲再填一遍，如〔鸚鵡曲〕本為四句，再填一次四句之曲，即稱為「么」。

作者小傳

白賁，號無咎，錢塘人，曾任平陽州教授，能畫能曲，所作小令以〔鸚鵡曲〕為有名，後有和之者。《全元散曲》所收白氏作品不多，小令二首，套數三套，殘曲兩支。以此曲為最佳，其餘則訴兒女相思、離情別怨而已。

相看著綠水悠悠
回避了紅塵滾滾

不沽朝野名◎自守煙波分◎
斜風新箬笠。細雨舊絲綸◎
志訪玄真◎家與秦淮近◎
清時容釣隱◎
相看著綠水悠悠。回避了紅塵滾滾◎

陳鐸・〔一枝花〕秦淮漁隱

陳鐸漁隱

我見綠水多嫵媚，諒綠水見我應如是。

朝廷的顯赫大官、在野的有名隱士，對我來說毫無意義。

我不是個好沽名釣譽的人，我只老老實實的守在江邊過我的樵隱生活。斜風中戴著新的笠帽、細雨中握著舊的釣竿，我立志要參訪玄真仙人呀！

我家住在秦淮河畔，藉釣魚過著隱居生活；閑時節，望著湖面悠悠的綠水，感到相看兩不厭的快樂，忙時節，也只不過釣魚而已，如此愜意的生活，慶幸自已終於可藉此迴避滾滾紅塵了。

雨墨齋曲話

這首是明朝人筆下的漁隱，比起元人，多了一份刻意描摹的辭藻之美。例如「斜風新箬笠」對「細雨舊絲綸」；「綠水悠悠」對「紅塵滾滾」；若非刻意求工，不能有這樣的對仗效果，所以漁隱小令中，元人的純任自然，明人所缺；而明人的追求形式、在華辭麗藻下功夫，也是元人所無法企及的。

可將本小令與前一首白賁之〈鸚鵡曲〉做比較，就可發現它們之間的差別，元人的小令麗質天生，不妝自媚，所謂「亂頭粗服，不掩國色」；明人小令，先天不足，只得刻意妝點，所謂「勤能補拙」、「皇天不負苦心人」，後天的努力也可以彌補先天的不足，而達到與元人比肩的境界，元人小令境界高，明人小令技巧高，皆可謂神矣！

作者小傳

陳鐸，明代散曲家，字大聲，號秋碧，下邳人，世襲指揮之職，居南京。經史百家莫不貫通，善詩詞，工繪畫，散曲堪稱流麗，可以配樂。然有些作品寫豔情者，不免被評為粗糙，蹈習情況亦所在多有，通俗之曲價值頗高，描寫社會各階層人物尤為生動有趣。

漁得魚心滿願足
樵得樵眼笑眉舒

漁得魚心滿願足◎樵得樵眼笑眉舒◎一個罷了釣竿。一個收了斤斧◎林泉下偶然相遇◎是兩個不識字漁樵士大夫◎他兩個笑加加的談今論古◎

胡祗遹•〔沉醉東風〕

胡衹遹的境界

人究竟要走多少錯誤的路，才會真正明瞭「適志」才是人最該走的路呢！人生最快樂的事之一是：目標明確、目的單純。打漁的捕到魚，心滿意足；樵夫砍得樵，眉開眼笑；對了，假如路走對的話，就這麼單純的理念就能令人愉快了。收得釣竿、斧頭，經過回家的林子裡，兩個漁樵偶爾相遇，這兩個不識字的漁樵士大夫，居然就這樣笑嘻嘻的談古論今起來了。

不要羨慕旁人有而自己沒有的，要珍惜自己手邊的，人生的快樂，其實很單純就可擁有，而適志是一個重要的關鍵。

雨墨齋曲話

人生貴在適志，胡衹遹說：「漁得魚心滿願足，樵得樵眼笑眉舒」；關漢卿說：「世情推物理，人生貴適意」；馬致遠說：「恰待葵花開，又早蜂兒鬧，高枕上夢隨蝶去了」。曲家用不同的文字意象，告訴世人相同的人生境界，有什麼比找到自己人生理念更快樂的事呢？有什麼路比走在自己的人生理念上更沉穩的路呢？

古人重立志，今人尋逸樂，但如果所立非己志、所尋非真樂，一切都是枉然。如成大功立大業，若非出於己志，何如「笑加加談今論古的漁樵」？又如正在享受酒色財氣的當口，其樂無比，然論及事後之空虛無助、敗家亡身，又何如「掩青燈竹籬茅舍」的寧靜？

所以，一個人不必用社會標準來衡量自己，那樣只會令自己迷惑，遇到抉擇的關口，只要直指本心的問自己：「這是不是我真想要的？我這樣做心安嗎？」如此真偽立判，何錯之有？這是盡心盡力後的心安理得。

大學時代，同班同學曾問我：「如果你的心情壞到極點，怎麼辦？」我很無奈的回答：「只好讀書啊！不然心情會更壞。」十幾年後，我的學生又說：「心情很壞，讀不下書，所以考壞了，怎麼辦？」我很篤定的告訴他：「隨著太陽的腳步走，什麼時候該做什麼，就做什麼。」

兒時外婆的農舍是每個孩子心目中的桃花源，因為那兒有無限寬廣的天地，可以讓我們揮霍無窮的精力，童年時光，絕大部分是在這裡呼朋引伴、黏蟬釣蝦、烤地瓜中消磨淨盡。年齡漸長，我依舊喜歡去外婆家，但是已經懂得觀察周遭人的生活與感受，我發現他們的生活規律得像個鬧鐘。舅媽永遠都是第一個起床的人，時間是早上四點半，她要升大灶的火，燒一天份的茶水，煮一頓不亞於午、晚餐的正式早餐，之後到水井邊洗全家大小的衣服，整齊的晾在廣場的竹竿上。掃除、收拾房子、種菜、澆水，忙到十一點，又開始張羅午飯。飯後接著做針線活，全家老小的衣衫、褲襪、要補的、要改的、鈕扣掉了的，都集中在午後小憩中統一完成。避過午後的驕陽，她又到田邊，向那頑強且永不屈服的野草挑戰，一伏一起之間，一排排的、密密的雜草已經被連根拔起，橫倒在田邊。傍晚時分，從遠處可看見外婆家的煙囪有炊煙飄起，舅媽又開始煮晚餐了。下午六時半，準時開飯，收拾碗筷後，洗澡、乘涼、閑話家常。八時半，整個農舍籠罩在安詳、寂靜中，大家都希望在沉穩的睡眠之後，能有足夠的精力應付又一個明天的挑戰。白天是盡心盡力、全力以赴的面對生活，所以晚間連鼾聲也是甜美充滿。

就在這種規律的生活中，外公享壽九十四歲，耕田直到九十方退休；外婆亦享壽八十歲，直到過世前幾天還在勞動。輪到舅舅、舅媽當家，我還是喜歡去農舍，因為舅媽承襲了這種家風，讓我感覺外公、外婆依然健在。有一次我問舅媽：「這樣一成不變的生活，會厭倦嗎？」她說：「日子總要過的，跟著日頭走，準沒錯。」

我在外婆的農舍體會出「天行健，君子以自強不息」的實踐與真意，修完了人生最重要的一個學分。

作者小傳

胡祗遹，元代散曲作家，字紹開，號紫山、少凱，磁州武安人，世祖中統初為員外郎，至元間，任太常博士，後與當道權奸不合，辭官。所作散曲風格典雅，筆墨不俗，朱權稱之為「秋潭孤月」，在通俗中，自有華貴之氣度，評價之高，可見一斑。

滾滾紅塵
忙煞求名為利人

滾滾紅塵◎忙煞求名為利人◎
名也都休論◎利也都休論◎
嗏。頤老養精神◎
靜掩重門◎弄月吟風。
掃去閑愁悶◎
一日歡娛抵萬春◎

王九思‧〔南中呂駐雲飛〕

九思之思

滾滾紅塵之中，其實只有兩種人在忙，一種是求名的，一種是求利的。這種情況就如同一個故事說到：有一位和尚站在江邊，告訴同伴說，眼前雖有千萬艘的船行駛在江中，事實上只有兩艘，一艘是求名的，一艘是求利的。我們何嘗不可說，芸芸眾生，只有兩種人活得比較辛苦，一種是求名的人，一種是求利的人。

如果人類知道爭名奪利是一種傷身又傷神的行為，懂得閉戶頤養精神、安頓身心，那麼即使是吟風弄月，也能一掃愁懷，要知道，一個人擁有歡娛的身心是無價之寶，就好比手上握有一萬個春天般，一輩子都愉悅呀！

雨墨齋曲話

白居易的〈隨緣歌〉說：「蝸牛角上爭何事？石火光中度此身。隨貧隨富且安樂，不開口笑是癡人。」王九思此首小令與白居易此詩有異曲同工之妙。

人所居住的空間，與整個宇宙相較，小得像一個蝸牛角；人的壽命與亙古以來時間的長河相較，更有如電光石火一樣的短暫，佛家所說如夢幻泡影、如露亦如電；那麼在這麼窄小的空間、如此短暫的時間裡，是貧窮度日也好，是富貴一生也好，重要的是要身心愉悅。

有人認為趕緊從事自己必須要做、喜歡做的事，不要等離開的一天才來懊惱後悔。

有人在這一生中，只想讓自己快樂，那麼這也是個人的選擇，也要花精神去避開一些讓我們不快樂的事。

有人在此生中，但求無愧，要讓自己俯仰之間坦蕩蕩，這種修養需要長久的下功夫，才能讓自己身心愉悅。

人活著首先要讓自己愉悅，身心平衡，這是一個重要的課題。

第六篇 胸中錦繡

一半兒行書一半兒草　放詩豪

海棠香雨污吟袍◎
薜荔空牆懸酒瓢◎
楊柳曉風涼野橋◎
放詩豪◎
一半兒行書一半兒草◎

張可久·〔一半兒〕野橋酬耿子春

小山的風雅

靈感來的時候，是什麼也擋不住的。

在那開滿海棠花的季節裡，一場香雨打濕了正在醞釀靈感的我。

爬滿薜荔的空牆上，掛著一個隨風擺蕩的酒瓢，楊柳畔、野橋邊，清涼的曉風陣陣吹來，令人心曠神怡，此情此景，我筆下好像要補捉些什麼，可是腦子裡空蕩蕩的，什麼也說不上來。

突然間，某種東西在體內觸發了，不可遏抑的詩情有如潮水一般的湧現出來，為了及時抓住突如其來、稍縱即逝的靈感，我無暇他顧、振筆疾書，不到片刻，稿紙上就爬滿了我歪七扭八、一半像行書，一半又像草書的字跡，可不能嫌棄它呢，要不是我用行書草書來書寫，靈感是稍縱即逝的！

雨墨齋曲話

這首是小山寫作時，尋找靈感的告白。

其實在創作的過程中，想像力是很重要的，美國詩人愛默生稱想像力是第二視力，英國戲劇家莎士比亞說想像力能使「未知的事物成形、烏有的事物擁有名稱」。英國文學評論家溫徹斯特又將想像分為：創造的想像、聯想的想像、解釋的想像等三種，而以創造的想像為最可貴，創造的想像又可分為「反省創造」與「直覺創造」，而所謂「直覺創造」即是「靈感」，當外界或內在的某些事物與作者之潛意識活動突然相遇，二者間經碰撞、契合所產生之新意境，稱為靈感。靈感是心靈靈活的接受印象、分析的狀況，它對幾何學與文學都是同樣重要的。

小山以外在的環境引發出內心想要表達某種意念的渴望，所以當外界事物與內在意識相契合時，靈感便如千軍萬馬，奔騰而來，連自己都招架不住，只好行書草書並用的記載下這珍貴的片段了。

萬柄高荷小西湖
聽雨　聽雨

雲影天光乍無◎
老樹扶疏◎
萬柄高荷小西湖◎
聽雨◎聽雨◎

張可久・〔慶宣和〕毛氏亭池

小山的境界

自古以來的騷人墨客，莫不對荷花荷葉生出好靈感。

古人對缺乏文化的市儈有「樹小、房新、畫不古，此人必是暴發戶」的刻薄說詞，毛氏家的一草一木，如：扶疏的老樹、萬柄荷花、聽雨軒亭，在在顯現出世家子弟開闊風雅的氣象。

站在涼亭裡，欣賞亭臺樓閣的美景，首先映入眼簾的是倒映在水池上，若有若無的雲影天光，還有池塘周邊，扶疏的百年老樹，襯托著池中萬柄亭亭玉立、搖曳生姿的荷花，古人說：「留得殘荷聽雨聲」，荷葉又稱「擎雨蓋」，當雨水來的時候，躲在亭子裡聽雨聲急打輕敲、亂灑斜飄，該是多美的一件事啊！這就是毛氏家族之所以為世家的原因了。用器物難以將富貴描摹出來，必須呈現出種種象徵富貴的氣象，方為真富貴。張可久筆下的毛氏亭臺，就是以氣象見長的。

雨墨齋曲話

古人說「吃三代」、「穿三代」，意思是說，吃和穿的品味，一定是隨著文化成長而提升，一個家族要富有三代以上才懂得吃、穿，否則只不過是有鈔票銀子的暴發戶而已。所以文學上如果要烘托出一個顯赫的世家，若只從金銀財寶為題說起，倒反變成諷刺當事人是暴發戶，無法顯露出世家的風雅！

本曲無一字說到富貴，而無一處不是富貴人家方有的景象，令人一望便知，所謂的說實象不如說氣象，古人畫風中之柳，柳易畫而風難畫，然而若畫出柳彎腰的方向，便知風從何而來，吹向何方；寫富貴景象也是相同的道理，文學之表現技巧，至此方為大妙！

塵埃三五字　楊柳萬千絲
記年時曾到此

綠樹當門酒肆◎
紅妝映水鬟兒。眼底殷勤座間詩◎
塵埃三五字◎楊柳萬千絲◎
記年時曾到此◎

張可久・〔紅繡鞋〕春日湖上

張小山的回憶

從斑駁的塵埃中，依稀彷彿可辨認出三五字，那是當年所題的詩句，岸邊楊柳依舊盛開著……。

小酒店當門有綠樹垂楊，經常看到紅妝丫鬟的倩影，倒映在春波綠水上，向座中文人騷客殷殷勸酒，眼底盡是一派溫柔。

在千條萬繫的楊柳蔭中，在酒店塵埃滿布的舊時壁上，依稀彷彿可以辨認出三五字的舊題，是這樣遙遠又真實的記憶呵，那年，也是柳條兒盛開的季節，我和一批朋友曾經到過這來，我們把盞、聊天、題詩、品茗……，真美，是個無憂無慮的好時光。

雨墨齋曲話

曾經有過的往事，經常會借著生活中某種瑣碎的事物，突然印象鮮明的蹦出腦海，讓塵封已久的記憶，又悄悄的打開。

朋友送我一個石頭材質、小巧可愛的案頭小屏風，巧手的藝人依照石頭天然的紋路做出冷月、沙州的圖案，那種冷冷清清又不失空靈的境界，我好喜歡，題了一首詩在上頭：

澹月沙洲小石屏
平湖杳杳一痕汀
紅塵拂淨乾坤大
入浦漁歌帶雨聽

如今，朋友與我各散西東，不相問訊，每當看到案頭屏風，就會想起那首當初要寄而未寄，如今又不知要寄到何處去的「懷友」詩：

別後人空瘦
琴書慰所思
碧溪聽泉日
薄暮看雲時
我愛凌波曲
君論太白詩
何當翦燭夜
同賦子規詞

人生不就如此？該珍惜時，當兒戲；該忘記時，又偏偏想起。

人間縱有傷心處
也不到劉伶墳上土

幾年無事傍江湖◎醉倒黃公舊酒壚◎
人間縱有傷心處◎也不到劉伶墳上土◎
醉鄉中不辨賢愚◎
對風流人物◎看江山畫圖◎
不醉倒何如◎

薛昂夫‧〔水仙子〕

九皋先生的風流

酒是上天賜予的禮物。一個人，再怎麼傷心也都不要放棄喝酒。

幾年來沒什麼俗事纏身，只在江湖上廝混，經常醉倒在黃公的老酒店裡，我說人啊就是要看得開，即使再怎麼傷心，酒還是要喝，你幾時看到有死人還能喝到酒的？你也幾曾看過有活人在墳上倒酒給死人喝的？

酒醉的境界是美的，你不必硬要去分辨哪個賢人、哪個愚笨，只須面對著千古來的風流人物，看著如畫的美江山，心中一片快樂，此情此景，你怎捨得不醉呢？

雨墨齋曲話

「薛昂夫」與「馬昂夫」、「馬九皋」，三個名號，根據孫楷第《元曲家考略》續編所考，皆為同一人，因為其人之名號眾多，不知者常以為薛昂夫與馬九皋為二人，甚至曲選本子上還分為兩人，選出兩類作品，此不察之錯也。

他的作品詞句瀟灑奔放，有如一日千里的駿馬，自命為千古一人，曾禱祀天地，求一個能繼承衣缽的傳人，終究不可得，他的寂寞，可以想見！就如他的小令所說：「功名萬里忙如燕，斯文一脈微如線」，人的眼光永遠只看到眼前，很少放遠到幾十年，更不要提後代子孫或千秋萬世了！《聖經》上說，許多人活得好像他們不會死；而更多人死得好像他們不曾活過！我不是教徒，但是光看到這些字眼，也難免怵目驚心起來，人啊！沒有目標的忙，恐怕只是「盲」而已，「撥雲霧、見青天」，找到終身可以無怨無悔、一心一意走下去的路，不要讓自己白跑一趟，不是我們最重要的功課嗎？

本曲將酒與人的關係，做瀟灑、詼諧、有趣之描述，為人類在無可奈何的黑暗中，帶來一絲光明，如果有酒喝的話，其實，人生還是挺有趣的。

作者小傳

薛昂夫，本名薛超兀兒，名超吾，又作薛超吾，字昂夫，以字行。元散曲家，維吾兒族人，漢姓司馬，亦稱馬昂夫，又字九皋，又將其本名第一字「薛」與「馬」連稱，又稱司馬昂夫。曾官三衢路達魯花赤，善篆書，有詩名，與薩都拉唱和，人稱其詩詞新嚴飄逸，如龍駒奮迅，有並驅八駿、一日千里之想。晚年退隱於杭縣皋亭山一帶。散曲的境界豪放，胸襟開闊，獨具一格。現存小令六十五首、套數三套，曲境皆臻上乘。散曲用詞遣句皆瀟灑，自命千古一人。風格豪邁，筆力遒勁。詠史、寫景、抒情皆氣象大，筆力豪，富獨創性。如：〔水仙子〕、〔慶東原〕等。

黃花又開　朱顏未衰
正好忘懷

興為催租敗◎歡因送酒來◎
酒醒時詩興依然在◎
黃花又開◎朱顏未衰◎
正好忘懷◎
管甚有監州◎不可無螃蟹◎

薛昂夫・〔慶東原〕

九皋先生的瀟灑

抓住好時光，做自己愛做的事。

詩興被催租的人所破壞，正在懊惱時，有人送酒到來，我便又歡樂起來了。趁便喝個大醉，酒醒後，還好做詩的靈感還在。

菊花又開了，我的朱顏依舊，趁著美好年華，正好把一切不愉快的事拋諸腦後，管他有沒有惡上司監管，不管置身何處，只要每餐有下酒的螃蟹，我的人生就美好滿足了。

雨墨齋曲話

宋代歐陽修《歸田錄》記載了一段很有趣的逸事，大意是說宋朝初年設了一個「諸州通判」的官，常與各州的知州爭權，每每都說自己是知州的頂頭上司，自稱是「監郡」。有一個叫做錢少卿的餘杭人，喜歡吃螃蟹，要求補外郡官，人家問他想到那一州，他說：「只要有產螃蟹、沒有諸州通判的地方，我都願意去。」

這種所謂的「監郡」又稱「監州」，監管數州知州的一切言行舉止，以便上報朝廷，若本身持官不正，就很容易造成各州知州的百口莫辯，甚至造成冤獄。所以各知州對監州皆投鼠忌器、敢怒不敢言，不論調職何處，總要先打聽監州是何等人物，以免誤了自身前程。而宋代蘇東坡喜歡吃螃蟹，任職地方時，也作詩說：「但憂無蟹有監州」，意思是很怕被發放到既沒有出產螃蟹，卻有惡監州的所在；那種日子實在不知如何過下去？充分反映出當時那些拿著雞毛當令箭的監州的可怕！

到了元代，薛昂夫將這典故發揮成瀟灑而又大無畏的精神，成了「管他監州是誰，只要有螃蟹就好」。本小令末二句即是用此典故。蘇東坡與馬九皋二家所處的時代雖有幾百年差距，但若論其風流瀟灑則前後輝映，不遑多讓也。

好山有意常當戶
明月多情遠過牆

青溪畔小堂◎四壁雖空書滿床◎
碧岩下小窗◎半世雖貧酒滿缸◎
好山有意常當戶。明月多情遠過牆◎
任詩狂與酒狂◎睡向西風枕簟香◎

金　鑾・〔南一封書〕閑適

金鑾的愜意

山有意，月多情，我的世界充滿了這種詩情畫意。我傍著碧山旁、青溪畔，築了一間小房舍，雖然四壁蕭條，一世清貧，卻擺滿一床的書，釀滿整缸的酒。

好山當戶、好水入眼；清風多情、明月臨我；在這種環境裡，任我馳騁詩情，縱我揮霍酒狂；倦了、累了，當西風吹來的時候，一枕草簟入夢香。

雨墨齋曲話

這首小令饒富雕琢，辭藻美麗，一望便知，是明人之作品。

它由三組對仗句及兩句散句組成。「青溪畔小堂」對「碧岩下小窗」；「四壁雖空書滿床」對「半世雖貧酒滿缸」；此二組為隔句對；此外「好山」與「明月」兩句，上下相對；作者以此三對句點染出文人的清貧以及周遭的好山好水，自身貧而樂的好心情，最後用二散句說明置身其間，馳騁詩情酒情及一枕好夢之愜意。

全首小令就像日本十七世紀詩人松尾芭蕉的俳句一樣，知道是詩人刻意求工的，但依舊在字裡行間洋溢著空靈的美感，組織出來的意象亦十分耐人尋味。

作者小傳

金鑾，明代詩人、散曲作家，字在衡，號白嶼隴西人，生卒年不詳。性豪放，喜交遊，所作詩婉麗清新，有江左清華之風。而散曲亦清麗飄逸，柔婉動人。

平生淡薄
雞兒不見　童子休焦

平生淡薄◎雞兒不見。童子休焦◎
家家都有閑鍋灶◎任意烹炮◎
煮湯的貼他三枚火燒◎
穿炒的助他一把胡椒◎
倒省了我開東道◎
免終報曉◎直睡到日頭高◎

王　磐・〔滿庭芳〕失雞

王西樓的黑色幽默

我素來就是個淡薄一切物質的人，小僕人來報說雞兒不見了，我安慰他說沒關係，還怕雞會沒處去嗎？

現在家家戶戶的鍋灶都閑在那，要怎麼處置這隻雞都很方便，還怕雞兒無用武之地、被浪費掉嗎？

若是有人偷這隻雞來煮湯，我們做君子的成人之美，倒貼他三枚燒餅配雞湯；若是偷去用炒的，我們也順便送他一把胡椒調味，免得我要親自做東請客，也免得那隻雞天一亮就啼叫，擾人清夢，我也就可以放心睡到日上三竿才起床。

小童子，你懂什麼？你要是知道失去雞會帶來這麼多好處，你就不會哭哭啼啼、悲悲切切了。

雨墨齋曲話

王西樓是個懂得反向思考來調整自己的人。由於他的反向思考，使得整件事為之改觀，並且還充滿了黑色的幽默。

本來雞兒被偷，財物損失，是件令人懊惱的事，他卻說出了三大好處，其一，可讓鄰居的鍋灶發揮它的正常功能；其二，可以敦親睦鄰；其三，自己可以睡懶覺。令人覺得鬆一口氣，真的，丟一隻雞而已，有這麼嚴重嗎？這麼緊張做什麼？

這些理由雖然都是歪理，卻讓人忍不住發噱，從而降低遭受損失的不愉快，人生若是懂得「不能改變現實，就調整自己」的方法，那人生何處不是柳暗花明呢？

水流向牆頭
春拖在牆下

斜插◎杏花◎當一幅橫披畫◎
毛詩中誰道鼠無牙◎卻怎生咬倒了金瓶架◎
水流向牆頭◎春拖在牆下◎
這情理寧甘罷◎
那裡去告他◎何處去訴他◎
也只索細數著貓兒罵◎

王　磐・〔朝天子〕瓶杏為鼠所囓

王西樓的無奈

春天來了，心中喜悅難以言傳，於是在房裡斜斜的插著一枝杏花，這是心目中的一幅橫披畫。

誰知花瓶架子卻被老鼠咬倒了，整瓶水流向牆頭，代表春天的杏花，也淒慘的瑟縮在牆角下，是誰告訴我說老鼠是「無齒」（無恥）之徒的？《毛詩》中明明記載著「相鼠有齒」，就因為牠有齒，所以才會咬倒我的金瓶架，唉！只怪自己，飽讀詩書，還會被騙。

我應該提高警覺，注意防範這個「有齒」之徒的。如今面對這種殘局，雖然不肯善罷甘休，但是，又要到哪兒去告這可惡的老鼠呢？要到哪兒去訴苦呢？想來想去，都是因為貓不稱職才造成這樣的後果，如今也只有細細的數落著貓兒來罵，方能消心頭之恨。

雨墨齋曲話

這是一首非常幽默的小令，寫日常生活的點點滴滴，還與《毛詩》做結合，真實而貼切。

首先說明自己斜插杏花，當畫來欣賞的喜悅，注意一個「斜」字所代表的美感。就像韋莊〈菩薩蠻〉中：「騎馬倚斜橋，滿樓紅袖招。」也是一個「斜」字占有重要的地位。蓋人對物體的擺設，不像對人品的要求一樣，強調正直不阿，而是自然中所顯現的流麗之美，試想花瓶中每一枝花，若都插成立正的姿態，那將會帶來如何的「笑」果呢？

其次抱怨老鼠把花瓶架子咬倒了，殃及瓶花，特別處在於用一個「春」字代表杏花，說「春拖在牆下」，事實上就是杏花被拖在牆角的意思，「春」字用得無懈可擊。還有不著痕跡的運用了毛詩中「相鼠有齒」的典故，鑲嵌得天衣無縫、恰到好處，想到自己無緣無故為鼠所欺，心中不由一陣氣憤，又無處去申告這些鼠輩，只有對著貓兒碎碎唸了。

同樣一個作者的作品，前一首「失雞」表現出一派瀟灑的情懷，而本首「瓶杏為鼠所囓」，則卻是一種憤憤不平的心態，令人訝異的是，都是失去某種外在物質，為何有這

人到愁來無會處
不關情處也傷心

信音沉◎淚沾襟◎
秋雨鈴聲閣道深◎
人到愁來無會處。
不關情處也傷心◎

王　惲・〔雙鴛鴦〕

王惲的傷情

人的感情是奇妙的，常會為一些事不關己的事情而傷心、落淚。

我王惲想起歷史上那段傷心的馬嵬坡事件，心裡就難過。明皇、楊妃這對有情人，就這樣，幽冥兩隔，魚沉雁落，斷了音訊。

古人說蜀道難，難於上青天，安祿山之亂，唐明皇避地西蜀，秋風秋雨中，大隊人馬要進入劍閣，前面的路是如此的泥濘難行，後退的路又已經行不得也，明皇所乘坐的鑾駕，發出陣陣催人心肝的鈴鐺聲，配合著雨聲、馬車聲，秋風秋雨愁煞人呵！

明皇命隨行樂工張野狐，就眼前淒涼，製作一曲，名曰〈雨霖鈴〉。想當年明皇在聖明之時，一手所開創的開元盛世，歷史無人能及；再比對當時無家可歸、浪跡天涯的落魄，心中充滿了無人能解的憂愁，即使過了幾百年，此事已化作雲淡風輕，我也忍不住熱淚盈眶的為古人傷心呀！

雨墨齋曲話

歐陽修〔玉樓春〕詞云：「人生自是有情癡，此事不關風與月」，人的癡情是與生俱來的習氣，與外在的風花雪月無關。

《世說新語》第十七〈傷逝〉記載，王武子死，孫子荊平日雅敬武子，前往祭弔，臨屍痛哭，賓客莫不感動流涕，哭罷，向著靈前說：「你平日喜歡聽我作驢子叫，今天我再學驢叫給你聽。」說完就當著賓客前作出驢鳴的聲音給死者聽，惹得滿堂賓客哈哈大笑，破壞了原來喪禮的悲哀氣氛，孫子荊火大了，一抬頭，恨恨的朝賓客罵道：「為何死的不是你們這批人，而是王武子呢？」最後結局當然是孫子荊因觸犯眾怒，被痛罵一頓，但是他的所作所為、對朋友的癡情，也是曠世未聞了。

《紅樓夢》第三十回〈齡官畫薔癡及局外〉也有類似的描寫：那是一個夏日的午后，只見大觀園內「赤日當空，樹陰合地，滿耳蟬聲，靜無人語」。寶玉來到薔薇花架，便聽到有人哽咽之聲，隔著籬笆洞兒，看見一個女孩兒蹲在花下，拿著頭簪在地上猛摳著，寶玉趨近一瞧，只見她在地上畫滿了千百個「薔」字，邊畫邊淚流滿面，寶玉看癡了，兩個眼珠子只管隨著簪子動，心中只恨自己不能替這傷心的女孩分擔些，冷不防三伏天氣，片雲可以致雨，忽然一陣涼風掠過，傾盆大雨撲面而來，寶玉看著那女孩頭上滴下雨，衣裳全濕，依舊渾然不覺，邊哭邊畫。寶玉擔心她的身體受不了驟雨一激，急著說：「不用寫了，妳看下大雨，身上都濕了。」女孩嚇一大跳，回頭一看，只見花外枝葉繁密，從中探出一個俊秀的臉龐，並沒有認出是寶玉，誤以為是大觀園中其他的丫鬟，就回說：「多謝姐姐提醒了我，難道姐姐在外頭有什麼遮雨的？」一句話提醒寶玉，「嗳喲了一聲，覺得渾身冰涼，低頭一看，自己身上也都濕了，說聲不好，只得一氣跑回怡紅院去了，心裡卻還記掛著那女孩沒處遮雨」。

這兩段書所描寫的主角，在世俗的眼中看起來都很好笑，然而這就是所謂的有情癡，他們不是故意表現與眾不同，而是情癡的稟性難以掩蓋，所以做出來的事就是和別人不一樣。王惲的「人到愁來無會處，不關情處也傷心」，這也是情癡的緣故啊！為了古人而淚流滿面，除了「癡」字之外，實在找不到更好的解釋了。

作者小傳

王惲（1227～1304），元初古文家，字仲謀，別號秋澗，衛輝汲人，為元好問之得意門生。仕中統大德間，歷任臺輔重臣，詩文字畫之造詣頗深，劉敏中譽為「文章早無敵，字畫晚愈神」。作品有《秋澗先生大全文集》，存有小令四十一首，其風格屬於小令前期，與詞混而為一者，書卷氣濃，欠缺北曲的蒜酪氣。

貫雲石〈陽春白雪序〉列舉元代早期散曲家的五種不同之風格云：「楊果平熟，徐琰滑雅，盧摯嫵媚，馮子振豪辣，關漢卿、庾天錫妖嬈。」其中並無隻字提到王惲。實則王惲之詞書卷氣濃，蒜酪味全無，與元曲之本色自然，大異其趣。可說是詞發展到散曲的過渡人物。

知榮知辱牢緘口
誰是誰非暗點頭

知榮知辱牢緘口◎
誰是誰非暗點頭◎
詩書叢裡且淹留◎
閑袖手◎
貧煞也風流◎

白　樸・〔陽春曲〕知幾

白蘭谷的明哲

我把天機參破，把人情識破，知道了榮辱的根源，牢牢守住自己惹禍的口；如何衡量他人是非，心中自有一把不為人所知的尺。

回歸純真本性，每日裡一枕白雲臥，詩書叢裡好淹留，琴書筆硯為功課。

世間事仔細推敲，皆屬虛幻，只要閑袖手、壁上觀，就不會惹禍上身，就算因此而貧窮到極點，只要適性就心甘情願。

人生的選擇，不論「得個美名兒留在世間」也好，「寧與野蒿同腐死，豈有人間意」也罷，行、藏在己，只要適己志，日日都是好日。

雨墨齋曲話

「榮辱無關福與禍，是非皆因強出頭。」

元代文人經過漫長的異族統治，已經練就一身的銅皮鐵骨，好來避禍，不求榮辱、不斷是非，已經變成一般文人處世的基本原則。

消極的不合作主義，除了不願意表現自己的才華外，還有獨善其身的意味在，所以文人寧可守著清貧、過著晴耕雨讀的單純生活，也不願意鎮日流連在是非人我、爾虞我詐的富貴之中。

自掛冠。歷長安。共白雲往來山水間◎名不相干。利不相關。天地一身閑◎綠楊堤黃鳥綿蠻。紅蓼灘白鷺翩翩◎儘紅塵千萬丈。飛不到釣魚灘。只一竿。釣出水中仙◎

這一首張養浩的〔寨兒令〕小令，是元代有格調的讀書人的普遍心聲。

第七篇

美感距離

三月景
宜醉不宜醒

幾枝紅雪牆頭杏◎
數點青山屋上屏◎
一春能得幾晴明◎
三月景◎
宜醉不宜醒◎

胡祇遹．〔陽春曲〕春景

胡祗遹的美學世界

只要保持適當的距離，帶著欣賞的眼光，世間無事不美，無事不好。這也就是所謂的美感距離。

那幾枝冒寒衝出的杏花，是牆頭的紅雪；那幾點若隱若現的青山，是屋前的屏風。這就是距離所造成的美感呀！

一整個春季，難逢幾天是晴朗清明的，啊！這三月的春景，適合用醉眼朦朧、霧裡看花的心情去體會，而不宜用太清醒的眼光去點檢的呀！

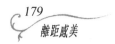

雨墨齋曲話

明代張潮是一個十分懂得生活藝術的人，他在《幽夢影》一書中提到：「藝花可以邀蝶」、「栽松可以邀風」的生活方式，就可以說是一種與美感經驗有關的生活態度。

美感經驗需要有一種美感距離，才會產生。生活要有美感，一定要在自己與現實生活之間拉出一段距離；比方說我很欣賞蝴蝶，若將蝴蝶捉到眼前，天天把玩觀賞，不多久蝴蝶一定驚恐枯竭而死，只好將牠做成標本，所以雖然擁有了牠，牠卻失去了生命。這就是距離太近、以占有為目的的愛，最後必以毀滅做結束；如果我愛蝴蝶，種滿一園林的花團錦簇，蝴蝶在花間翩翩起舞，我既能欣賞蝶舞之美，蝴蝶也能酣暢的發揮生命之美，豈不是一舉兩得！

所以胡祇遹說「三春景，宜醉不宜醒」，醉的境界就是將自身與事物之間拉出一個美感距離，有了美感距離，萬事萬物無不美好，杏花成了紅雪，青山是屏風，皆是所謂距離的美感。

春去也　閑煞舊蜂蝶

一簾紅雨桃花謝◎
十里清陰柳影斜。
洛陽花酒一時別◎
春也去◎
閑煞舊蜂蝶◎

胡祗遹・〔陽春曲〕春景

胡祗遹的恬適

春去了，風吹過處，那些繽紛而落的桃花，點點花瓣，時斜時曲，時疏時密，時而飛舞迴旋，時而無聲下墜，遠望宛轉飄揚，有如一簾紅雨。

春風把柳絮吹得天地白濛濛一片，春陽把柳條兒交織成一片清陰，十里柳徑，幽靜清涼。

此時此刻，我知道該是要向洛陽的花、洛陽的酒告別的時候了，隨著春天的即將離去，舊時的蜂兒粉蝶也逐漸寂寞起來了。

雨墨齋曲話

春天的消逝，總是惹得騷人墨客牽腸掛肚、傷情處處的。瀟灑如薛昂夫，也不免在告別春天的時候，會藉著〔楚天遙過清江引〕說出這種感傷的話：

花開人正歡。花落春如醉◎春醉有時醒。人老歡難會◎一江春水流。萬點楊花墜◎誰道是楊花。點點離人淚◎　回首有情風萬里◎渺渺天無際◎愁共海潮來。潮去愁難退◎更那堪晚來風又急◎

然而在胡祇遹的筆下，卻不曾出現過這種傷春悲秋的情緒，對於季節的轉變，他淡淡的描述、閑閑的提起，那桃花雨、那柳樹陰，不都是屬於春天的繫戀嗎？但讀者並不感覺他在傷春，只覺得季節的轉變，有如白晝轉為黑夜一般的自然尋常，好似暫時告別老朋友一般的相知篤定，因為這一切只是生命的過程，光陰的流轉，明年還會再來，只是那平日忙慣了的蜂蝶，失去了百花的牽絆，一定會黯然傷神的吧！至此才隱約透露出寂寞的訊息。

釀秋光
一半兒西風一半兒霜

荷盤減翠菊花黃◎
楓葉飄紅梧榦蒼◎
鴛被不禁昨夜涼◎
釀秋光◎
一半兒西風一半兒霜◎

胡祇遹・〔一半兒〕秋景

胡祇遹的話

秋色正濃。

綠荷減了它的翠綠，黃菊花正盛開怒放，紅楓斜斜飄舞在半空中，梧桐轉卻深青。

「綠荷」、「黃菊」、「紅楓」、「青桐」，秋光正被這些景物，逐漸醞釀而成。

其實，真正將這秋的涼意醞釀起來的，除了我那冷清的、禁不住昨夜微涼的鴛鴦被之外，一半是淒清的西風，一半是透心的冷霜呀。

雨墨齋曲話

本曲是屬於清麗派的曲風，從曲面上看，顏色字配得十分漂亮，綠荷、黃菊、紅楓、蒼梧、白霜，簡直是一幅令人眼花撩亂的水彩畫。

但是在這麼美的場景下，所透露出的是一個空虛寂寞的心靈，「鴛被」顯現出她的少婦身分；「不禁昨夜涼」透露出良人遠離的訊息；「西風」、「霜」又隱隱傳達出少婦心中的淒涼況味。所以如果不注意這些細節，很容易將這首小令誤為純粹寫景而已。

換句話說，作者利用美感距離的手法，將相思離別的主題隱藏在周邊瑣事之中，俗話說：「看得懂的看門道，看不懂的看熱鬧。」如果懂得分析美感距離，就看得出門道；如果只能體會文字之美，也適合看熱鬧。

世間閑事掛心頭
唯酒可忘憂

世間閑事掛心頭◎
唯酒可忘憂◎
非是微臣常戀酒◎
嘆古今榮辱。看興亡成敗◎
則待一醉解千愁◎

不忽木・〔遊四門〕

不忽木的感覺

只要身在紅塵，就很難跳出是非人我的牢籠圈套。所有掛在心頭的無非是世間閑事，剪不斷理還亂，只有酒可以使人忘憂。

所以說，不是我貪杯戀酒，李白不是說了：「古來聖賢皆寂寞，唯有飲者留其名。」古今的榮辱，歷史的興亡、成敗，平日清醒時看了痛心，但只要喝酒，瓊漿玉液下肚，就可以一醉解千愁，不必將它在意了。

雨墨齋曲話

處在任何一個時代的當世文人，常有一種無力感，很想要為時代做點什麼，也想為時間做點見證，卻是怎麼也使不上力。

再看看歷史，充滿了爭名奪利、貪嗔癡怨，後世之人，絲毫沒有因為前車之鑑而有所改變，一個個的悲劇人生，依舊一幕幕的上演著，此時此刻的孤寂文人，要不走上隱居，要不就成為高陽酒徒。真正在一個大時代裡，有能力、又使得上力的，屈指可數。

難怪張小山讀了歷史之後，在〔折桂令〕中大嘆：「故紙上前賢坎坷◎醉鄉中壯士磨跎◎富貴由他。漫想廉頗。誰效蕭何◎」十個古人中，有八個的遭遇都會令人扼腕嘆息的！後人雖然效法補天，可也只是阿Q的精神勝利法而已。而更可悲的事是，古代的舞臺也移至今日，現代人毫不遲疑的踏上去，繼續著那悲歡離合的故事！

唉，「得，他命裡；失，咱命裡」。人生要不帶三分醉意，怎能容下如許憂愁呢？

作者小傳

不忽木，一名時用，字用臣，世為康里部大人，康里就是漢代的高車國。不忽木稟賦奇特，舉止嫺雅有節，屢任臺省高官，年四十六卒於官。今存小令一套，純樸瀟灑，令人有方外之思。

夕陽山外山　春水渡傍渡
不知那答兒是春住處

有意送春歸。無計留春住◎
明年又著來◎何似休歸去◎
桃花也解愁。點點飄紅玉◎
目斷楚天遙。不見春歸路。
春若有情春更苦◎暗裡韶光度◎
夕陽山外山。春水渡傍渡◎不知那答兒是春住處◎

薛昂夫・〔楚天遙過清江引〕

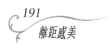

薛昂夫的留戀

有意送春歸去，卻千方百計留不得春天常住人間。畢竟明年還要來，何如不歸去？

桃花也為春天歸去而發愁，飄下點點的紅雨，那是向春天告別的淚水。

我望斷了南方的天空，看不到春天的歸路。春天若有情的話，一定比人更苦，因為流年在暗中偷換，換走了一春暗渡。

在夕陽的籠罩下，山外還有層層的山，在春水的瀰漫中，渡水旁尚有無窮的渡水，只是目斷遙遠的楚天，我居然看不到那兒才是春天的歸去之處。

雨墨齋曲話

薛昂夫的這首作品，可說是借用前人送春作品的大集合。首四句襲用宋僧仲皎的〈卜算子〉：「有意送春歸，無計留春住，畢竟年年用著來，何似休歸去！」幾乎沒改幾字。

「不見春歸路」見於宋劉辰翁〈蘭陵王〉詞：「送春去，春去人間無路。」

「春若有情春更苦」化用自唐李賀詩「天若有情天亦老」句。

「暗裡韶光度」暗用蘇軾〈洞仙歌〉詞「又不道流年暗中偷換」句。

「夕陽山外山，春水渡傍渡」句，則完全襲用宋戴復古的〈世事〉詩。

以上幾乎無一句無來歷的情況，可知薛昂夫古典文學根基之既深且厚，能利用他人句子，幻化出自己的境界，所謂的源頭活水的不可或缺，今日修習現代文學或臺灣文學的人，從此例中，當可得到一些啟示的。任何一種文學都會有它的源頭，譬如希臘神話是希臘悲劇的來源，歐洲文學是美國文學的乳汁，大陸文學是臺灣文學的根源；若將源頭阻斷，它的下游勢必枯竭，若只發展繁榮下游，這條河水勢必暴漲，殃及生靈，傷害無辜。

所以說，文學無國界，若因政治因素而干預文學，限制它的發展，勢必為文學帶來不可預期的災難。

不貪不愛隨緣過
把世事都參破

訪知音。習酬和◎
也不問名利如何◎
不貪不愛隨緣過◎
把世事都參破◎

薛昂夫・〔端正好〕高隱

薛昂夫的境界

人的欲望越少，心智就越清明。孟子說：「養心莫善於寡欲。」就是這個意思。走訪知心好友，強勝過在貴人前彎腰低頭；酒席間知己的酬唱應和，強過於尾隨著貴人，阿諛諂媚的窮附和。不理會名與利如何的瀟灑，強勝過紅塵中擔驚受怕的千丈波。不貪求名、不吝嗇物，日子隨緣、喜樂而過。白居易說：「蝸牛角上爭何事？石火光中寄此身。」前一句說人所處的空間本來就如蝸牛角一樣小，有啥好爭的？末句是說人所有的時間就像電光火石一樣短，有啥好吵的？就在這樣淡泊自在的歲月中，將世事都參破了。

雨墨齋曲話

薛昂夫在元代屬色目人種，出身貴族，仕途順遂，卻不熱衷功名，自甘淡泊，實為難能可貴，可能是受他祖父的影響頗深，故雖貴而能貧，蕭然如書生，酷愛漢族文化，受史學、唐詩、宋詞之影響頗深，完全融化在曲作之中，故其作清新飄逸、氣清格高，意境開朗、不同凡響。

一個人要做到不貪、不愛，實在不簡單，說穿了，生而為人，最大的痛苦在於有欲求，此種欲求通常是向外界求得的，譬如名利之心，要斷掉這種痛苦的根源，需要有大智慧，大勇氣；而不愛，即不吝嗇，也就是難捨而能捨，一般人最多做到不貪求，已經很難得，還要將已有的東西捨去，這就更需要超越智慧與勇氣的仁者之心了，若缺乏這仁者之心，又怎能體會出不吝施捨的境界呢！

栽桑麻數百棵
驅家人使牛耕播

則不如種山田一二畝◎
栽桑麻數百棵◎驅家人使牛耕播◎
任幾間無憂愁草苫莊坡◎
一朝苗稼鋤。趁時將黍豆割◎
養春蠶桑葉忙剉◎著山妻上布織梭◎
禿廝姑緊緊的將棉花紡。村伴姐慌將麻線搓◎
一弄兒農器家活◎

薛昂夫•〔滾繡球〕高隱

薛昂夫的農家苦樂圖

能用心於勞動的人，是世間第一等幸福的人；勞動則是世間最偉大的事。

日月轉輪如疾箭、似竄梭，日子總要過的，不如無憂無慮的住在農莊草屋裡，種個一兩畝田地，數百棵桑麻，農忙期全家總動員。

有人驅牛耕田播種，時候到了，便將稻黍豆收割。

為養春蠶，忙摘桑葉，接著老妻又忙著上梭織布。

醜廝姑趕緊將棉花來紡，笨伴姐手忙腳亂搓麻線。

一派農村忙碌的景象，這忙碌，代表的就是生命的意義呀！

雨墨齋曲話

人如果能在勞動中悟出生命的真實意義，就會知道勞動的可貴，它不僅鍛鍊出我們勤快的手腳、靈活的頭腦，還讓我們有生存的感覺，這種感覺比什麼都來得重要，有時候人會做出非理性的行為，就表示他已經麻木不仁，體會不出這種存在感，漸漸失去人之所以為人的靈性，於是在混沌一片的情況下，做出千古恨事。

所以人需要經常與大自然接觸，聆聽那屬於自然天籟，回到純真清明的稟性，如陶淵明的〈歸去來辭〉，梭羅的《湖濱散記》，都是回歸自然、投向勞動的好例子，因為不爭名利，反而成就了千古美名，因為實際的參與農村勞動，靈感文思有如泉湧，完成了更美好的著作。

聽水聲流浪遠
觀山色嶺嵯峨

閑時節疏林外磁甌瓦鉢◎
盛摘下些二生桃硬果◎
晚趁斜陽景物多◎
聽水聲流浪遠。觀山色嶺嵯峨◎
與俺那莊農每會合◎

薛昂夫．〔倘秀才〕高隱

薛昂夫的悠閑

聽水聲、觀山色，如此黃昏，是人生絕大享受。

農村生活，閑下來時，拿著磁甌瓦碗，到疏林外去摘些生桃硬果，順便欣賞斜陽下的景物。有時是日落西山，像是銜著烈火的火球；有時是月出東雲，有如托著玉缽的銀盤；金烏玉兔，西去東來，疾如箭，似擲梭；想想人生幾何，日光彈指，花陰轉眼，回首百年已過，兩鬢斑皤，古人說：「相隨故友年年少，郊外新墳歲歲多。」人生恍如一枕南柯，我心中自有定奪。

聽水聲知道這河水已流得很遠、很遠，觀山色知道山勢的遠近高低，這樣的景色，如此的黃昏，與我們這些莊舍農夫每天、每天融成一片，這就是幸福的根源。

雨墨齋曲話

能夠生活在美景如畫似的農村山水裡，是一種幸福。

薛昂夫筆下的農村四季是很美、很悠閒的：

春：綠依依柳吐烟，紅馥馥桃噴火，粉蝶兒來往穿花過。黃鶯出谷尋新柳，紫燕歸巢覓舊窩。時雨降天公賀，慶新春齊敲社鼓，賽牛王共擊銅鑼。

夏：蘸池塘十里長，賞荷花百步闊，青鋪翠蓋穿紅破。雖無那彩船畫舫遊池沼，也有那短棹漁舟泛淺波。故友來相賀，繞溪邊鮮魚旋買，沿村務沽酒頻酌。

秋：碧天雁幾行，黃花兒開數朵，滿川紅葉似胭脂抹。青山隱隱連巔嶺，綠水潺潺泛淺波。鮮藕蓮根剉，團臍蟹味欺著錦鯉，嫩黃雞勝似肥鵝。

冬：朔風遍地刮，彤雲密布合，紛紛雪片錢來大。須臾雲漢飄白蕊，咫尺空中舞玉蛾。冬景堪酬和，草庵前寒梅壓雪，短窗邊瘦影頻磨。

這些景物寫來，自然清新，優美如畫，與農村活動融合為一，毫不牽強，農民一年四季的農務活動，就是畫中絕佳的點綴，神來的一筆。

古代要不是那些朝廷派來催租的、如狼似虎的爪牙公差，或狐假虎威的地主，農民的日子可能會更好過。

常想執政者從來不為百姓做些什麼，百姓卻年年要繳糧納租，實在沒道理，這批寧靜的破壞者，自古以來就未曾在任何一個朝代缺席過，即使二十一世紀的現代，依舊存在著這股惡勢力，瀰漫在看似民主的臺灣社會中。

怪不得陶淵明在無可奈何之中，只好在精神上選擇另外一條出路，寫出膾炙人口、令人低迴不已的〈桃花源記〉了，文學的移情在此，文學的解憂亦在此。

瓦盆中濁酒連糟飲
桌兒上生瓜帶梗割

聽那張瞽古唱會詞。看村哥會打訛◎
挺王留訕牙閑嗑◎李大公信口開合◎
趙牛表蹉會樶。史牛斤嘲會歌◎
強沙三舞一會曲破◎俺這裡雖無那玉液金波◎
瓦盆中濁酒連糟飲◎桌兒上生瓜帶梗割◎
直喫的樂樂酡酡◎

薛昂夫・〔滾繡球〕高隱

薛昂夫的農村即景

濁酒、生瓜，最粗糙的東西也就是最自然的東西。

聽張瞥古唱一會兒詞，李村哥吹個牛，任憑王留閑嗑牙的湊個熱鬧，聽李太公信口胡說，看趙牛表踩著高蹻，還有史牛斤信口胡掰的唱著歌，硬要沙三跳一段曲破，好一幅農閑即景圖！

我們農莊雖沒有玉液金波的美酒，然而瓦盆中所盛的濁酒，桌上擺的是帶著梗、剛割下來的新鮮生瓜，連酒渣帶生瓜，都可以一塊兒吃下去，大家吃喝得樂陶陶，日子就在這麼忙碌熱鬧中度過！

雨墨齋曲話

好一幅農村即景熱鬧圖！

作者先將農村裡莊家漢，來個點名大會串，所用的都是一般的諢名，所謂沙三、王留、伴哥，李太公、張瞥古，趙牛表、史牛斤，都是元劇中經常出現的莊家角色名稱，所以讀來就有一股親切的充滿泥土味的感覺。

再加上這些莊家漢的休閑生活，張瞥古會唱詞、李村哥會吹牛，王留、李公會閑聊，趙牛表的蹝橇表演，（橇本為古代在泥中行走的交通工具，久已失傳，此處之「橇」當為「蹻」，而「蹝」有踩踏之意，故「蹝橇」當做「踩高蹻」之意，且民間迎神賽會都有此節目。）史牛斤率性的唱歌，沙三會跳舞，都是充滿農村風味的即興表演，完後還有喝酒吃瓜的餘興，唉！怎不令人嚮往再三、低迴不已呢！

在官時只說閑
得閑也又思官

在官時只說閑◎得閑也又思官◎
直到教人做樣看◎從前的試觀◎
那一個不遇災難◎
楚大夫行吟澤畔◎伍將軍血污衣冠◎
烏江岸消磨了好漢◎咸陽市乾休了丞相◎
這幾個百般要安◎不安◎怎如俺五柳莊逍遙散誕◎

張養浩‧〔沽美酒兼太平令〕

張養浩的抉擇

人很少會滿足目前已擁有的事物。

人真是一種矛盾的動物。做官時，就希望有一天能閑下來；等到真能閑下來時，又想做官。一直做到被人家拿來當例子教訓後人，才知道自己在舞臺上演了一齣最差勁的戲。

試看從前做官人的例子，那一個有好下場的？屈原忠而被逐，死於投江；伍子胥忠肝義膽，遭人進讒，棄屍錢塘；項羽逐鹿中原，敗死烏江；李斯權傾一時，腰斬咸陽。

這幾個歷史人物，內心恐怕也是萬般無奈的想過退隱生活，卻無法達成心願吧！倒不如我學取陶淵明在五柳莊裡，過著逍遙自在、放任無拘的日子呢！

雨墨齋曲話

人，熙熙攘攘、熱熱鬧鬧的活著，到底所為何來？換頓溫飽嗎？這未免太動物化了；實現理想嗎？如果我並不在乎成功呢？造福宇宙繼起的生命嗎？優秀的人或者自以為優秀的人那麼多，哪怕會少我一個呢？擁有不朽的身後之名嗎？古人說：「與其讓我有身後之名，不如眼前一杯酒。」而如果我又是「未知生焉知死」的追尋者，身後之名有這麼重要嗎？……左思右想，似乎找不到一個確切的生存理由，未免有些沮喪與惆悵。

讀了元曲之後，我發現人的存在根本不需要理由，生命早在我們允許之前就已成為事實，對於一個不可能改變的客觀事實，我們只有調整自己的想法。於是，有些人只是活著；有些人終生只為一個信念而活；有些人為自己打造了許多長程短程計畫，逐一去實現，當代表生活足跡的表格逐一填滿，生命的油燈也就逐漸枯竭了；有的人是生活中的勇者，兵來將擋、水來土淹，勇者不懼。

而元曲作家大多將生命當成一種醇醪，品嘗一口、回味一下，口角的甘香苦澀，盡化而為元曲中的瀟灑頹唐或者豪放清麗，供後人憑弔、讚嘆、欣賞、咀嚼。有時候不經意的一句話，會令我們徘徊思考良久——「寧與野蒿同腐死，豈有人間意？」趙慶熹詠菊花，孤芳自賞、寧沉默而死、不肯與萬芳競逐爭寵的堅持，好比人恬適自在的過日子、不慕外界聲華的清流形象，這樣的感覺緩緩流入心中，原來，今人、古人雖遠隔時空，也能夠有這般甜蜜的交集，自己其實並不寂寞的。

作者小傳

張養浩（1270～1329），元代政治家、散曲家，字希孟，號雲莊，歷城（山東濟南）人，自稱齊東野人。篤學不輟，早負文名，二十三歲仕禮部令史、御史臺掾史、中書省掾屬；三十五歲為堂邑縣尹，治績頗著；三十八歲升任監察御史，官至陝西行臺中丞，為人正直，為官清廉，人稱「入則與天子爭是非，出則與大臣辯可否」，不顧個人安危，直斥朝廷十大弊端，後免官。仁宗即位，由禮部侍郎升禮部尚書，而升中書省參知政事，成為元代曲家中少數官至極品者。英宗即位後，養浩急流勇退，辭官歸里，建「遂閒堂」、「綽然亭」過隱居生活。天歷二年（1329），遇關中大旱，飢民相食，為朝廷徵詔至陝西賑災，積勞成疾，卒於任內，秦中百姓莫不痛哭，在曲江池畔建祠祭祀，謚號文忠。散曲作品題材廣泛，諸如歌詠田園、詠史懷古、反映現實之作頗多，一掃兒女柔情、消極避世的曲風，開拓了曲之創作天地，例如：〔紅繡鞋〕、〔山坡羊〕等作品言真理到，和而不流，依腔按歌，使人名利之心盡去。為與關馬同等地位之重要作家。

作品有《三事忠告》、《牧民忠告》、《歸田類稿》。散曲集有《雲莊休居自適小樂府》，存有小令一百六十一首，散套兩套。

往常時為功名惹是非
如今對山水忘名利

往常時為功名惹是非◎如今對山水忘名利◎
往常時趁雞聲赴早朝◎如今近晌午猶然睡◎
往常時秉笏立丹墀◎如今把菊向東籬◎
往常時俯仰權貴◎如今逍遙謁故知◎
往常時狂癡◎險犯着笞杖徙流罪◎
如今便宜◎課會風花雪月題◎

張養浩・〔雁兒落兼得勝令〕

張養浩的自在

只要改變觀念，人生會有很大的不同。

往常為求功名，惹上一堆是非，如今退隱，對山對水，而忘卻名利。

往常做官，雞聲一鳴，已赴早朝，如今可以睡到中午日頭當空。

往常每日持著笏版，站在丹墀階前，口口稱陛下，聲聲呼萬歲；日日夜夜與群臣爭論是非，如今可自由自在的在東籬摘菊賞花。

往日癡狂剛直的個性，險些被當廷杖責、流徙邊疆；如今退隱了，往常做官時的夢魘，再也不能拘束我。

每天可以風花雪月的作詩題詞，多愜意的日子！

雨墨齋曲話

人為了功名利祿要付出的代價不能說不大，首先第一個就是自由，第二個就是生命，而在習慣了束縛與保住了性命之後，第三個喪失的就是純真的個性。要是這三種損失皆能無動於衷，方才能永保功名利祿。所以不習慣官場的人，通常很容易被下放，或提早退休，而已經習慣且樂此不疲的人，為了自保，就會逐漸走向違背本性的路。

唐代柳宗元寫的〈蝜蝂傳〉一文，說明蝜蝂是一種汲汲營營的小蟲，爬行途中只要見到東西就背在背上，絕不管這東西是否需要，或是否能負擔得起，只是貪得無厭的去背、背、背，直到有一天，牠被背上的東西壓垮了，再也不能爬了，才嚥下生命中的最後一口氣。

但如果這時有人伸出援手，幫牠移開背上重物，牠非但不能記取前面的教訓，反而變本加厲的又去掠奪，還外加向上爬，逢高就爬，直到摔下來結束短暫的生命為止。

可悲的是，一直到死亡，牠都不知道自己為什麼會死。人的不能從戀棧中自我超拔，下場其實和蝜蝂是沒什麼兩樣的。

張養浩是元代文人中，難得爬到高官厚祿位置中的一個，所以從他的口中說出棄絕名利的思想，自然比起其他只做到小官的文人更具說服力，有趣的是在他的一百六十一首小令中，這樣淡泊的思想居然佔絕大多數，感情真摯、文筆穩健有力，其境界，絕非一般風花雪月、兒女私情的作品可以企及者，茲舉數例，以見其人生境界之開闊，亦可見元曲包羅萬象之真面貌。

三十年一夢驚◎財與氣消磨盡。把當年花月心。都變做了今日山林興◎　早是不能行◎那更鬢星星◎鏡裡常嗟嘆。人前強打撐◎歌聲◎積漸的無心聽◎多情◎你頻來待怎生◎（〈雁兒落兼得勝令〉）

六十相近老形骸◎安樂窩中且避乖◎高竿上伎倆休爭賽◎早回頭家去來◎對華山翠壁丹崖◎將小閣闊書房蓋◎綠巍巍松樹栽◎到大來悠哉◎（〈水仙子〉）

喜山林眼界高◎嫌市井人烟鬧◎近中年便退官。再不想長安道◎　綽然一亭塵世表◎

不許俗人到◎四麻桑麻深。一帶雲山妙◎這一搭兒快活直到老◎（〈雁兒落兼清江引〉）

可見隱居山林、遠離塵囂，一直都是張養浩的桃花源夢，他在家鄉所造的「綽然亭」、「遂閑堂」，是準備著退休後修身養性用的。然而天歷二年（1329）關中的一場大旱災，打破了他的山林夢，朝廷特徵詔他為「陝西行臺中承」，負責災區事務。他夜則禱天，日則賑災，積勞成疾，卒於任內。

看來知識份子以天下家國為己任的心態一天不退，便一天不能達成隱居山林的美夢，即使隱居了，也只不過是「窮則獨善其身」的實踐而已，一旦天下有難，蒼生遇困，很少能安心的繼續隱藏下去，這，也許就是傳統文化所造就出來的知識份子的特質罷。

集合兩岸的智慧精華，為現代找到源頭，為傳統留下見證
打破時空桎梏，讓您輕鬆與古人談詩論詞話元曲

滄海叢刊

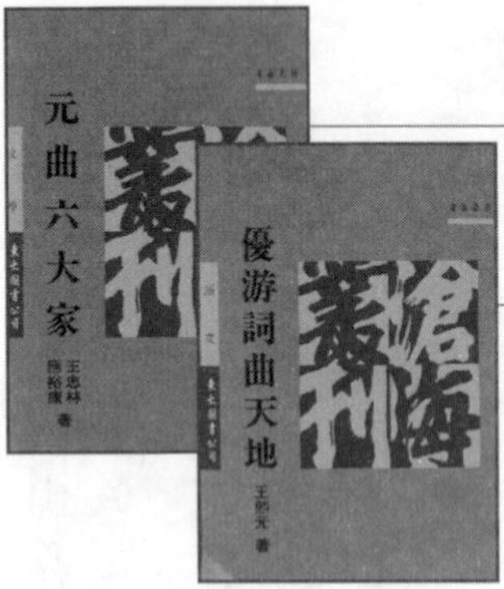

國學大叢書

優游詞曲天地

王熙元／著

中國古典文學作品中，詞曲是中古時代最優美的韻文文類。透過詞人與曲家感性的雙眼，醞釀出一首首詞曲精品，構成唐、宋、元各代的文學風華，不但豐富了中古文學史，也豐富了詞曲愛好者的心靈。本書所收九篇論文，是作者從事學術生涯以來，耕耘較勤、用力較多、自己也較滿意的篇章，相信一定可以帶領讀者「優游詞曲天地」。

元曲六大家

王忠林、應裕康／著

本書介紹元代六大曲家——關漢卿、王德信、白樸、馬致遠、鄭光祖、喬吉，除考訂其生平外，兼考其雜劇總目，介紹作品並予以評析。二位作者均為國內知名文學博士，學養淵深博雅，治學態度尤稱嚴謹，引據均經審慎考訂采擇，文字生動活潑，淺近通俗，不僅為曲學最具價值之參考著作，也是想領會元曲精妙者不可或缺的入門書籍。

蘇辛詞選

曾棗莊、吳洪澤／編著

本書以豪放詞為主，並兼顧其他風格的代表作，共錄蘇軾詞七十四首、辛棄疾詞八十七首。蘇、辛身處矛盾的環境中，深受政治漩渦的衝擊，他們是不幸的；而在文學的天地中，他們卻奏出了時代的最強音。本書緊扣這一時代背景，剖析入微，除展現蘇辛獨特風格外，也力圖再現其心靈的歷程，是學術性、資料性與鑒賞性合一的難得佳作。

古籍今注新譯叢書

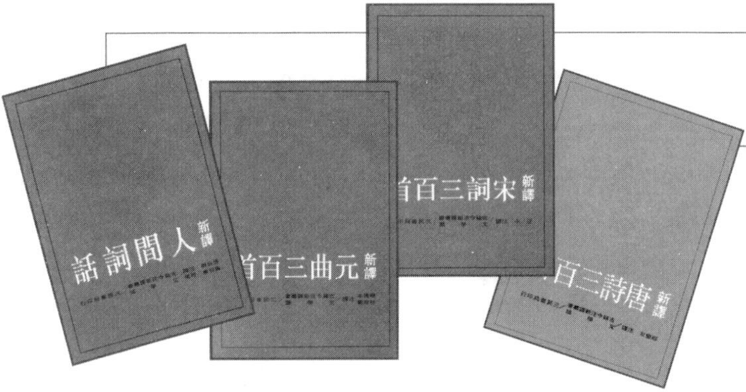

新譯唐詩三百首

邱燮友／注譯

詩是濃縮的語言，是最精巧的構思，含有極高度情意的結晶。詩人慣用象徵、暗示的手法，表現心中的情蘊和意境，於是詩中常有絃外之音、一語雙關的現象，這是在傳譯上最容易失去原有情蘊的地方，本書的特色即在語譯方面竭力保存原詩的情意，再於注釋和賞析中補充說明，以期忠實地表達原詩的本真，展現原作美好的境界。

新譯宋詞三百首

汪　中／注譯

本書以歷來宋詞最佳選本重新編譯，針對一般人皆感陌生的詞牌作扼要淺顯的闡發，每調皆一一按照詞律、詞譜、牌名、音韻字數加以說明，字旁用附號注明平仄，並加注韻腳，詳作注釋及說明出處。除了語譯外，特別增加賞析部分，著重探討作品背景和詞語結構，讓讀者對宋詞的格式和意境都能有更深刻的認識與領會。

新譯元曲三百首

賴橋本、林玫儀／注譯

本書編排以作者為綱、作品為目，同一作者的作品均安排於一處，精選出三百多首元曲小令，允當的注釋和深入的賞析是本書的特色之一，希望能幫助一般讀者更多面向地了解及欣賞元曲。

新譯人間詞話

馬自毅／注譯　高桂惠／校閱

《人間詞話》是中國第一部融匯中西文化的文學評論專著，在深度及廣度上已超越以往的同類著作。本書依據王國維的原意分成四部分：「人間詞話」、「人間詞話未刊稿」、「人間詞話刪稿」及「人間詞話附錄」，除了明晰流暢的注釋及語譯外，還將《人間詞話》中所提及的詩詞章句，全文引出，使讀者更能全面領略通篇的意境。

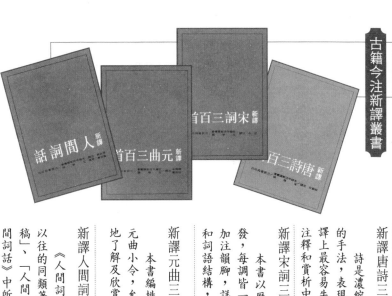

三民叢刊

55愛廬談文學　　黃永武／著

本書以中國文學詩歌為主體，為維護中國的正體字而大聲疾呼；為光揚中國古典詩在現今生活美學中的價值，而細心闡發，極具啟發性。亦可窺見作者對明代六千種善本書鑽研的興致。

250紅紗燈　　琦　君／著

記憶中一盞古樸的紅紗燈，那是外祖父親手為她糊的。無論哀傷或歡樂，數十年的生活經歷似乎被凝縮在溫馨的燈暈裡，化作力量，給予她信心與毅力……

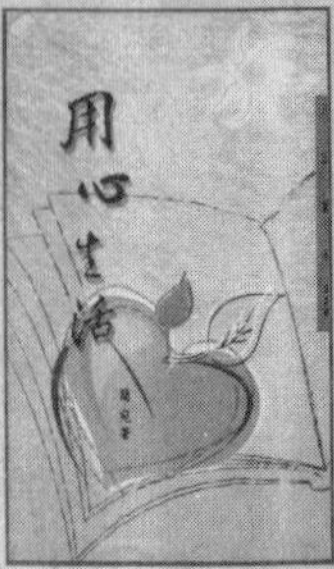

254用心生活　　簡　宛／著

用心生活是簡宛的生活寫照。本書收錄她近年來的作品，包括書情、友情、愛情、旅情與世界情。在紛擾多變的世界中，讀簡宛的書，也讀出了生活的甘美和真誠。